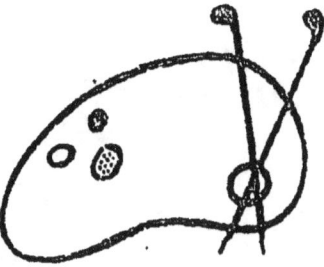

Couvertures supérieure et inférieure
en couleur

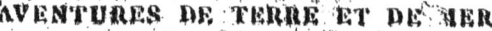

AVENTURES DE TERRE ET DE MER

TRADUCTION ET ADAPTATION AUTORISÉES PAR L'AUTEUR

LA
MONTAGNE PERDUE

PAR

MAYNE-REID

TRADUCTION DE J. LERMONT

la seule autorisée par l'auteur

(ADAPTATION PAR STAHL.)

DESSINS PAR RIOU

BIBLIOTHÈQUE
D'ÉDUCATION ET DE RÉCRÉATION
J. HETZEL ET Cⁱᵉ, 18, RUE JACOB
PARIS

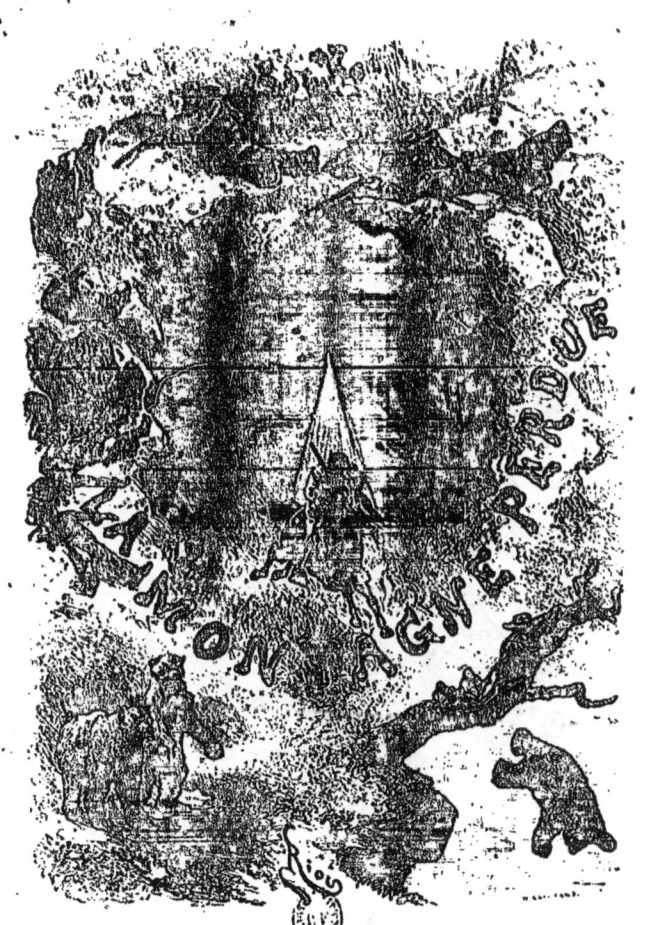

MAISON MONTAGNE PERDUE

COLLECTION J. HETZEL

LA MONTAGNE PERDUE

PAR

MAYNE-REID

TRADUCTION DE J. LERMONT
la seule autorisée par l'auteur
(ADAPTATION PAR STAHL)

DESSINS PAR RIOU

BIBLIOTHÈQUE
D'ÉDUCATION ET DE RÉCRÉATION
J. HETZEL ET Cⁱᵉ, 18, RUE JACOB
PARIS

LA

MONTAGNE PERDUE

CHAPITRE PREMIER

SANS EAU

« *Mira ! Mira ! El Cerro Perdido !* »

«Regardez ! Regardez ! La Montagne Perdue ! La voilà !
Si nous ne touchons pas au but, nous la voyons ! Elle
semble faire partie du ciel, on dirait un nuage, mais c'est
elle, cela ne peut être qu'elle assurément !!! »

Le cavalier qui venait de pousser cette exclamation
n'était pas seul. L'emploi des monologues est réservé

1

au théâtre et il est rare que dans la vie ordinaire on éprouve le besoin d'exprimer pour soi-même ses pensées à haute voix.

Ce cavalier, monté sur un petit cheval gris pommelé, s'avançait en tête d'une nombreuse caravane au milieu de deux ou trois *gentlemen* également à cheval. Derrière eux venaient d'autres cavaliers, puis d'énormes chariots recouverts d'une toile bise. Ces derniers étaient de grands véhicules allongés, lourds, incommodes, chargés, encombrés de mille objets divers, et traînés chacun à grand'-peine par huit mules. C'étaient de véritables maisons roulantes, habitées par des familles entières d'émigrants. Des mules servant de bêtes de somme formaient ensuite un *atajo*, c'est-à-dire un convoi qui s'étendait à l'arrière-garde en une longue file. Enfin un immense troupeau de bestiaux, conduit par quelques bouviers, formait la marche.

Tous ces hommes étaient à cheval, y compris même les bouviers et les muletiers. Un voyage comme le leur pouvait difficilement se faire dans d'autres conditions. Ils venaient de la ville mexicaine d'Arispe, et traversaient les vastes plaines désertes qui bordent la frontière septentrionale de l'État de Sonora et qu'on appelle des *llanos*.

La caravane se composait presque entièrement de mineurs. On le devinait sans peine au costume de la plupart de ces individus et surtout à tout un attirail de cordages, d'outils et de machines dont on apercevait les formes bizarres sous les grosses bâches de toile des chariots.

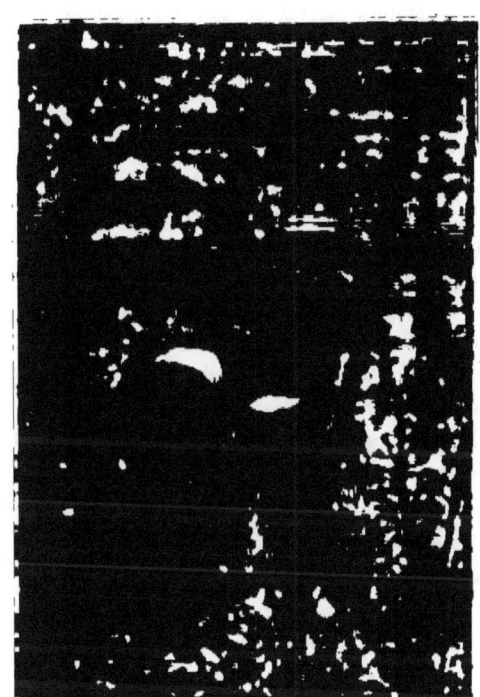

LA ....
DE MINEURS.

En somme, c'était une nombreuse équipe d'ouvriers mineurs qui, sous la conduite de ses chefs, se rendait d'une veta épuisée à une autre tout récemment découverte et que tous devaient exploiter en commun. Leurs femmes et leurs enfants les accompagnaient, car ils allaient s'installer pour des mois, et peut-être des années, dans une portion reculée du désert de Sonora.

A l'exception de deux cavaliers dont les cheveux blonds prouvaient l'origine saxonne, ils étaient tous Mexicains, mais non pas d'une même race cependant, car on voyait sur leurs visages toutes les teintes possibles, depuis le ton papier de Chine de l'Espagnol jusqu'au rouge cuivré des Aborigènes. Quelques-uns même étaient des Indiens pur sang, de la tribu des Opatas, l'une de celles qu'on appelle *manses*, autrement dit vaincues et civilisées, et qui ressemblent aussi peu à leurs frères sauvages qu'un chat domestique à un tigre.

Certaines différences de costumes dénotaient à première vue des différences de rang et de condition chez les voyageurs. Les mineurs ouvriers et contremaîtres étaient en majorité; il y avait encore les conducteurs des chariots, les *arrieros* et les *mozos* chargés des bêtes de somme, les *vaqueros* ou bouviers et plusieurs domestiques des deux sexes.

Le cavalier dont nous avons rapporté les paroles en commençant notre récit ne ressemblait à ses compagnons ni comme habillement, ni comme position sociale. C'était un chercheur d'or ou *gambusino*, suivant l'expres-

sion mexicaine, un de ces êtres comme il en est un certain
nombre là-bas, qui de père en fils possèdent une sorte de
don spécial pour reconnaître dans les entrailles de la
terre ce métal jaune que les hommes estiment tant, et
qui leur est souvent si pernicieux. Il se nommait Pedro
Vicente. Il avait un type étrange, une physionomie toute
particulière, et ses yeux noirs semblaient vouloir sonder
les cœurs, de même qu'ils savaient scruter le fond des
mines.

C'était Pedro Vicente qui avait découvert, quelques
semaines auparavant, la veta où se rendait la caravane.
Il s'était hâté de « dénoncer » sa découverte, c'est-à-dire
de la déclarer aux autorités d'Arispe, et de la faire enre-
gistrer, ce qui, d'après les lois du pays, devait lui assurer
la propriété exclusive de la mine d'or. Sachant cela,
nous pourrions prendre le gambusino pour le chef de cette
bande de mineurs, mais nous nous tromperions du tout
au tout. Sa fortune ne lui permettait pas d'entreprendre une exploitation qui exigeait une grande avance
de capitaux, et il avait dû transférer ses droits à
une riche maison de commerce, — la maison Villanneva
et Tresillian, — moyennant une certaine somme payée
comptant et un intérêt considérable dans les bénéfices
futurs.

L'affaire paraissant bonne, Villanneva et Tresillian
avaient quitté leur ancienne mine qui ne leur rapportait
plus grand'chose, et s'étaient mis en route, non seulement
avec tous leurs employés accompagnés de leurs femmes et

de leurs enfants, mais encore avec le matériel complet
d'une installation d'usine, — tous les outils nécessaires
pour creuser et fouiller la terre, pour en extraire le
minerai et en retirer des lingots d'or pur, — y compris
les objets les plus indispensables à la vie usuelle. C'était
bien leur caravane qui avait fait halte dans le llano,
quand leur guide Pedro s'était écrié :

« Voyez : c'est la Montagne Perdue. »

Les personnes auxquelles le gambusino s'adressait
spécialement, n'étaient autres que les deux associés. L'un,
don Estevan Villannova, était un homme d'une cinquantaine d'années, un Mexicain dont les traits nobles et fiers
rappelaient ceux de ses ancêtres andalous ; l'autre, grand,
maigre et blond, était un Anglais de Cornouailles, Robert
Tresillian, qui avait abandonné son pays à la mort de sa
femme, pour venir se fixer au Mexique.

Au moment dont nous parlons, tous les voyageurs, du
premier jusqu'au dernier, étaient sombres, préoccupés
et visiblement inquiets. Un seul regard jeté sur leurs
chevaux et leurs mulets en indiquait la cause. Chacun de
ces animaux était dans un état pitoyable : on pouvait
compter leurs côtes sur leurs flancs amaigris ; leurs cous
flasques et distendus retombaient languissamment sur
leurs poitrails. Ils avaient à peine la force de marcher, et
leurs yeux enfoncés dans l'orbite, leurs langues pendantes sortant de lèvres sèches et brûlantes, exprimaient
une souffrance intense. Les pauvres bêtes n'avaient pas
eu d'eau depuis trois jours, et les maigres herbages des

llanos qu'ils avaient rencontrés jusque-là, ne leur avaient procuré qu'une nourriture insuffisante.

C'était une saison de sécheresse dans la Sonora ; il n'était pas tombé une seule goutte d'eau dans ces parages depuis plusieurs mois, et tous les ruisseaux, toutes les mares et jusqu'aux sources d'ordinaire si abondantes que les voyageurs avaient trouvés sur leur passage, étaient complétement taris. Il n'y avait donc rien d'étonnant à ce que les animaux fussent épuisés et leurs maîtres pleins des plus noirs pressentiments. Quarante-huit heures encore de cette vie-là équivaudraient à la mort, pour la plupart, sinon pour tous.

En entendant l'exclamation du gambusino, ses compagnons poussèrent un soupir de soulagement d'autant plus grand que leur anxiété avait été plus vive. Ils savaient bien que cela signifiait de l'herbe pour les chevaux et de l'eau pour tout le monde. Il y avait longtemps que Pedro leur dépeignait la Montagne Perdue comme le but à atteindre, et la base de cette montagne comme le lieu de campement le plus délicieux qu'on pût rêver, une oasis dans le désert, un petit paradis terrestre; de plus, c'était sur l'un des points de la Montagne Perdue que le gambusino leur ferait voir les riches gisements d'or connus jusque-là de lui seul.

Une fois arrivés au pied de la Montagne Perdue, il n'y avait plus à craindre le manque d'eau, quelle que fût la sécheresse, plus de famine à redouter pour les chevaux et les bestiaux, car on y trouverait une source d'eau vive et un lac entouré de pâturages où l'herbe épaisse et succulente formait en toute saison comme un tapis d'émeraudes.

« Êtes-vous bien sûr que ce soit là la Montagne Perdue? demanda don Estevan, les yeux fixés sur l'éminence solitaire que Pedro lui désignait à l'horizon.

— Si, señor, répondit Pedro un peu piqué, aussi sûr que mon nom est Pedro Vicente; et comment voulez-vous que je doute de ce dernier point, quand ma mère m'a raconté plus de cent fois l'histoire de mon baptême? La pauvre femme n'a jamais pu se consoler de tout ce que je lui ai coûté à cette occasion. Pensez donc, señores, vingt *pesos* d'argent et deux cierges !... des cierges énormes et de la cire la plus blanche!... Tout cela pour m'assurer le nom et les talents de mon père, qui n'était comme moi qu'un pauvre gambusino !...

— Voyons, Pedro, ne vous fâchez pas, répartit en riant don Estevan. Il y a longtemps que tout cela devrait être enseveli dans l'oubli, car, en admettant que vous ayez jamais été pauvre, vous êtes maintenant assez riche pour ne plus déplorer une dépense aussi minime et aussi lointaine que celle des frais de votre baptême. »

Don Estevan ne disait que la pure vérité. Depuis son heureuse découverte, Pedro était riche.

Quiconque l'eût vu passer trois mois auparavant ne l'eût pas reconnu, tant il était changé extérieurement à son avantage. Autrefois il était pâle, hâve et déguenillé; ses habits tachés et fanés ne tenaient plus sur son corps, et il avait pour monture une bête efflanquée et poussive,

digne émule de Rossinante. A présent, il était monté sur
un cheval de race, richement caparaçonné, et sa personne
resplendissait de tous les ornements brillants particuliers à
ce pittoresque vêtement mexicain que portent les *rancheros*.

« Trêve de plaisanteries, interrompit Robert Tresillian
impatienté. Le mont que nous voyons en face de nous est-
il, oui ou non, la Montagne Perdue?

— J'ai dit, répondit laconiquement le guide, plus blessé
encore du doute persistant qu'un étranger se permettait
d'émettre après une affirmation faite par lui, Pedro, qui
connaissait à fond le désert de Sonora.

— Alors, continua Tresillian, plus tôt nous y serons,
mieux cela vaudra. J'imagine qu'elle est encore éloignée
d'une dizaine de milles.

— Vous pouvez compter deux fois dix, *caballeros*, et
ajouter encore quelques mètres, dit Pedro.

— Comment! vingt milles! s'écria l'Anglais étonné. Je
ne peux pas croire cela ! »

Le gambusino répliqua avec calme :

« Si Votre Seigneurie avait voyagé aussi souvent que
moi dans les llanos, elle saurait aussi bien que moi à
quoi s'en tenir là-dessus. Les distances ne sont jamais ce
qu'elles paraissent être dans ces plaines à perte de vue.

— Oh ! du moment que vous me l'affirmez, je vous
crois, dit l'Anglais. J'ai grande confiance en vos talents,
quels qu'ils soient, Pedro Vicente, à en juger par
l'habileté que vous avez déjà montrée comme chercheur
d'or. »

L'amour-propre encore un peu endolori du gambusino fut guéri par ce compliment.

« *Mil gracias*, don Roberto, répondit-il avec un profond salut. Vous pouvez me croire sur parole, señor, car je ne parle pas au hasard, et je puis évaluer la distance à quelques yards près; ce n'est pas la première fois, vous vous en doutez bien, que je passe ici ; avant de songer à y amener Vos Seigneuries, j'ai dû plus d'une fois y venir moi-même et l'explorer minutieusement, et je me souviens parfaitement du grand *palmilla* que vous voyez à votre gauche. »

Tout en parlant, Pedro désignait à Robert Tresillian un arbre ayant une énorme tige d'où s'échappait un faisceau de longues feuilles acérées comme des baïonnettes. C'était une plante de la famille des *yuccas*, mais beaucoup plus grosse que celles que l'on rencontre généralement dans les llanos.

« Si Votre Seigneurie doute encore de la véracité de mes paroles, ajouta le gambusino, qui tenait à honneur de convaincre l'Anglais, qu'elle veuille bien se donner la peine d'examiner de près cet arbre. Elle trouvera gravées sur l'écorce deux lettres : un P et un V, les initiales de votre humble serviteur Pedro Vicente. C'est un petit souvenir de ma personne que j'y ai laissé, en passant, il y a trois mois.

— Je vous crois sans preuves, répondit Tresillian en souriant de la bizarrerie d'un pareil « souvenir » au milieu du désert.

2

— Alors, señor, permettez-moi d'ajouter que ce sera tout ce que nous pourrons faire d'arriver au pied de la Montagne Perdue un peu avant le coucher du soleil.

— Oui, Pedro, ajouta don Estevan d'un ton amical. Il s'agit de ne pas perdre de temps. Veuillez faire quelques pas en arrière et donner l'ordre de continuer la marche. Vous recommanderez aux muletiers de presser leurs bêtes autant que possible.

— Je suis aux ordres de Votre Seigneurie, » répondit le gambusino.

Et il salua les deux associés en agitant bien haut au-dessus de sa tête son chapeau à larges bords.

Il stimula son cheval avec la molette ronde de ses éperons, qui avaient plus de cinq centimètres de diamètre, et se dirigea au galop vers l'arrière-train de la caravane. Un peu avant d'arriver aux chariots, il se découvrit respectueusement en passant devant un petit groupe que nous n'avons pas encore présenté à nos lecteurs, et qui se composait cependant des personnes les plus intéressantes ou, si l'on veut, les plus remarquables de la bande.

Deux de ces personnes appartenaient au beau sexe. L'une était une dame de trente-cinq à quarante ans, qui avait dû être d'une grande beauté et qui en gardait encore des traces, l'autre une ravissante jeune fille, presque une enfant, qui lui ressemblait trop pour ne pas être sa fille. Ses magnifiques yeux noirs brillaient comme des étoiles sous sa couronne de cheveux d'un noir bleuâtre, et sa petite bouche semblait une grenade entr'ouverte.

Jamais mantille d'Espagnole n'avait coiffé une tête plus charmante. La jeune fille s'appelait Gertrudès et sa mère était la señora Villanueva. Leur tête et leur buste émergeaient seuls d'une sorte de palanquin ou de litière, la *litera* de Mexico, dont se servent les grandes dames du pays pour voyager sur des routes trop étroites ou trop difficiles pour les voitures.

On avait choisi une litera, dans le cas actuel, parce que c'était le moyen de locomotion le plus doux et le moins fatigant. Elle était portée par deux belles mules placées l'une devant, l'autre derrière, entre deux brancards et conduites par un jeune Mexicain.

Le quatrième personnage était le fils de Robert Treaillian. Il se nommait Henry et venait d'avoir dix-neuf ans. C'était un grand beau garçon aux cheveux blonds et aux traits finement découpés, quoique n'ayant rien d'efféminé. Sa figure exprimait le courage et la résolution, et sa haute stature annonçait une force et une activité peu communes. Il se tenait penché sur sa selle pour causer avec les belles voyageuses qui avaient légèrement écarté les rideaux de leur litera, et leur conversation paraissait être très animée. Le jeune homme racontait sans doute la bonne nouvelle que venait de donner leur guide, car Gertrudès l'écoutait avec ravissement, et ses yeux brillaient de plaisir.

La Montagne Perdue était enfin signalée. La soif n'était plus à craindre et les souffrances des mineurs allaient bientôt être terminées.

La caravane reprit courage.

« *Anda ! Adelante !* » (En avant !) cria Pedro Vicente.

Les muletiers répétèrent ce cri de proche en proche jusqu'au dernier de la bande; les chariots s'ébranlèrent et se remirent en marche avec un accompagnement continu de coups de fouet et de grincements de roues.

CHAPITRE II

Malheureusement pour les mineurs d'Arispe, leur caravane n'était pas la seule qui voyageât dans le désert de Sonora ce même jour, et lorsque les mineurs aperçurent au nord cette éminence que Pedro avait désignée sous le nom de la Montagne Perdue, par une coïncidence extraordinaire, d'autres êtres humains s'avançaient aussi vers la montagne du côté opposé. Ceux-là ne la voyaient pas, cependant, parce qu'ils en étaient encore trop éloignés, et aussi parce que certaines ondulations du terrain les en empêchaient.

Cette seconde caravane ne ressemblait nullement à celle que nous venons de dépeindre à nos lecteurs. D'abord, elle était plus nombreuse, quoique, en masse et vue de

loin, elle occupât bien moins de place, mais il n'y avait
là ni chariots, ni mulets, ni bestiaux, ni bagages d'aucune
sorte; les nouveaux venus ne s'étaient encombrés ni de
leurs femmes, ni de leurs enfants, encore bien moins
d'une litera et de dames de haut rang. Leur troupe ne se
composait que de cavaliers armés jusqu'aux dents et portant chacun en croupe un bissac de provisions et une
gourde remplie d'eau.

Leur costume était aussi primitif et aussi peu volumineux. La plupart n'avaient pour vêtements qu'un
pantalon de toile, de longues guêtres de peau de daim et
des mocassins, avec un *sérapé* en réserve pour la nuit.

Le sérapé est tout simplement une couverture de laine.

Ceux qui faisaient exception à cette règle ne dépassaient
pas une demi-douzaine. Ils semblaient avoir de l'autorité
sur leurs compagnons, et l'un d'eux, plus couvert d'insi-
gnes et de décorations que les autres, devait être leur
Grand Chef.

Ses emblèmes hiérarchiques eussent défié tous les
livres de blason de l'univers; ils étaient peut-être uniques
au monde, et, chose bizarre, leur propriétaire, au lieu de
les porter sur un bouclier, les avait gravés ou plutôt
tatoués sur sa personne. Un serpent à sonnettes peint en
rouge vif, la tête et la queue dressées, les mâchoires
ouvertes et la langue dardée comme pour frapper un
ennemi invisible, enroulait ses anneaux en longs replis
tortueux sur sa poitrine nue et bronzée; puis, dans
l'intérieur du cercle qu'il décrivait, on voyait quantité

d'autres symboles à la fois grotesques et effrayants. Un immonde crapaud, un tigre-panthère, plus ou moins fidèlement représentés, et enfin, au centre même de ce cercle et à l'endroit le plus en vue, s'étalait un emblème connu dans l'univers entier : une tête de mort avec des os en croix grossièrement dessinés avec de la craie. Une couronne de plumes flottait sur la tête de cet homme à la physionomie aussi barbare que repoussante.

Il est presque inutile d'ajouter que cet individu était un Indien. Lui et ses compagnons appartenaient à une tribu renommée entre toutes pour sa férocité, celle des loups — Apaches ou Coyoteros, ainsi appelée à cause de sa ressemblance morale avec le chacal du Nouveau Monde, le *coyote*.

L'absence de femmes et d'enfants et le fait de voyager sans bagages indiquaient que les Coyoteros se disposaient à entreprendre quelque expédition guerrière. Leur équipement et leurs peintures de guerre le prouvaient encore mieux. Ils étaient munis de fusils, de pistolets et de lances ornées de banderoles qui avaient dû transpercer plus d'un *lanzero* mexicain. Quelques-uns même possédaient des revolvers et des carabines de systèmes assez perfectionnés, car la civilisation leur a du moins enseigné tous les moyens possibles de tuerie. En outre, le terrible couteau à scalper pendait à leur ceinture.

Ils marchaient en ligne régulière, deux par deux et non pas en « file indienne ». Il y a longtemps que les Indiens des prairies et des pampas ont apprécié les avantages des

tactiques militaires de leurs ennemis les Figures-Pâles, et
qu'ils les ont adoptées pour la cavalerie surtout. Toutes
leurs peuplades ont su profiter des leçons que leur donnent
les Blancs dans l'art de la guerre, et, dans les États du
nord du Mexique, ceux de Tamaulipas, de Chihuahua et
de Sonora, on a vu à plusieurs reprises les Comanches, les
Navajos et les Apaches charger les Mexicains en ligne
rangée, et réduire en poussière de nombreux adversaires.
Mais dans le llano découvert où voyageait cette bande de
Coyoteros, il n'y avait nulle nécessité de s'avancer en
colonne serrée, et la double file avait été adoptée.

Loin d'avoir, comme les mineurs, accompli trois jours
de marche dans un désert aride, les Peaux-Rouges, qui
connaissaient parfaitement le pays qu'ils traversaient et
n'en ignoraient pas la moindre ressource ou le plus petit
lieu de campement, n'avaient nullement souffert de la
sécheresse. Ils ne s'en inquiétaient pas davantage pour
a suite de leur voyage, car ils devaient côtoyer un cours
d'eau, le *Rio-San-Miguel* des cartes, que les Mexicains
appellent l'*Horcasitas*. Ils étaient donc dans les meilleures
conditions du monde pour réussir dans leur entreprise.

Une heure avant le coucher du soleil, ils aperçurent à
l'horizon la Montagne Perdue. Les Indiens ne la connais-
sent pas sous le nom de *Cerro Perdido*; ils la désignent
sous celui de *Nauchampa-Tepetl*.

A ce propos, il est assez étrange de constater l'affinité
qui existe entre les Indiens du nord du Mexique et les
Aztèques du sud. Dans le langage de ces derniers, la

montagne Péroté porte le même nom que le Nauchampa-
Tepetl ; le mot « cofré » qu'on y ajoute le plus souvent
signifie, comme Nauchampa, coffre ou boîte, et leur a
été donné à cause de la ressemblance assez marquée que
présentent ces deux montagnes, vues de certains côtés,
avec un énorme coffret rectangulaire, dont le couvercle
est figuré par un plateau d'une certaine étendue.

Mais les Coyoteros se souciaient fort peu d'ethnographie
et de philologie, ils pensaient au vol et au meurtre : le
but unique de leur expédition était de saccager un des
établissements d'Opatas ou de Blancs situés sur les rives
de l'Horcasitas. Cependant, quand la Montagne Perdue
leur apparut, une autre question les absorba un moment.
Il s'agissait de décider s'il était prudent ou même possible
de tenter d'y arriver avant la nuit. Les avis étaient partagés : les uns disaient oui et les autres non. Ainsi que
l'avait dit Pedro Vicente, les distances sont trompeuses
dans cette atmosphère diaphane de la Sonora, et quoique
le Nauchampa-Tepetl ne semblât éloigné que de dix à
douze milles, il y avait bien à faire le double de chemin
pour atteindre le lac. Mais les naturels du pays, les
aborigènes surtout, sont habitués à ces erreurs visuelles
et calculent en conséquence. D'ailleurs, les Coyoteros ne
venaient pas là pour la première fois, et ils devaient
savoir à quoi s'en tenir. Leur discussion ne portait que
sur l'état de leurs chevaux, qui avaient déjà fait cinquante
milles et étaient harassés.

C'étaient des *mustangs* ou chevaux sauvages des Prairies,

3

qui sont forts et vigoureux malgré leur petite taille ; mais ils avaient suffisamment marché pour un jour et risquaient fort d'arriver épuisés au pied de la montagne. Il valait beaucoup mieux les laisser reposer et faire halte au Nau-champa-Tepetl le lendemain vers le milieu du jour.

C'est sans doute ce que se dit le chef des sauvages, car il sauta à bas de son cheval et se mit en devoir de l'attacher après un piquet. La question fut résolue. Cette action équivalait à un ordre, et tous les compagnons de « El Cas-cabel » (le Serpent-à-Sonnettes) imitèrent aussitôt son exemple.

Selon leur habitude, les Indiens commencèrent par s'occuper de leurs mustangs, après quoi ils pensèrent a eux-mêmes. Ils se mirent à la recherche de bois et allumè-rent un grand feu, non pour se chauffer, puisqu'on était en été et que les nuits étaient à peine assez fraîches, mais pour faire leur cuisine. Leur dîner était encore sur pied, sous forme de chevaux de rebut qu'ils traînaient à leur suite. L'office de boucher ne fut pas long à remplir ; un coup de couteau dans la gorge d'un des chevaux le fit tomber mort dans un torrent de sang. On le dépeça en un clin d'œil, et les énormes quartiers de viande embrochés dans des bâtons et exposés à la chaleur de la flamme, de-vinrent bientôt des rôtis suffisamment appétissants.

Les hippophages récoltèrent ensuite sur les arbres voisins d'autres comestibles d'un aspect non moins engageant. C'étaient d'abord des gousses d'*algarobia* et des cônes de pin-pignon, qu'ils firent griller sur le feu en guise de

légumes, puis des fruits de diverses espèces de cactus. Les
meilleurs étaient ceux du *pitahaya*, dont les grandes
tiges, nues jusqu'à une certaine hauteur, sont entourées
au sommet d'une auréole de branches qui les fait ressem-
bler de loin à de gigantesques candélabres. La plaine était
parsemée de ces arbres bizarres. Ainsi les Coyoteros trouvèrent moyen de se procurer, en plein désert, jusqu'à du
dessert.

Quand ils eurent terminé leur repas, ils se disposèrent
à confectionner, pour leur déjeuner du lendemain, un mets
que les Apaches estiment tant, qu'une de leurs tribus,
celle des *Mezcaleros*, en fait sa nourriture et que son nom
lui vient de cette même plante, le *mezcal*.

Ce végétal, que les botanistes nomment agavo mexicaine,
croît en abondance dans le désert. La manière de le préparer est moins compliquée qu'on ne pourrait le supposer.
Voici comment procédèrent les Coyoteros. Ils arrachèrent
d'abord une assez grande quantité de mezcals, coupèrent
chacune des feuilles raides et effilées comme des épées,
qui rayonnent du cœur, et enlevèrent la peau de ce cœur.
Une masse blanchâtre ayant la forme d'un œuf et à peu
près la grosseur d'une tête d'homme, fut alors à découvert.
C'est cela seul que l'on mange.

Pendant qu'une partie des Indiens se livraient à ces
préparatifs, d'autres creusaient une fosse, dont ils tapis-
saient le fond et les parois de pierres plates. On y jeta des
charbons ardents qu'on laissa se réduire en cendres, et
quand la fosse fut bien chauffée, on y déposa doucement

les mezeals bien enveloppés dans la peau du cheval qu'on avait tué pour le souper. Les Peaux-Rouges avaient eu soin de mettre le poil à l'extérieur et de mélanger avec les plantes quelques morceaux de chair crue. Ils fermèrent l'ouverture de ce four primitif par d'épaisses plaques de gazon qui devaient conserver la chaleur pendant toute la nuit, et ils s'éloignèrent, sûrs de faire le lendemain un excellent repas.

Alors ils s'entourèrent de leur sérapé, et ne craignant pas d'être surpris à l'improviste dans ces solitudes qu'eux seuls connaissaient à fond, ils s'endormirent paisiblement en ayant pour lit la terre nue, et pour rideaux le ciel étoilé. Ils s'imaginaient peu qu'à quelques heures de galop de leur campement était un autre camp occupé par des ennemis de leur race, trop peu nombreux pour leur résister. S'ils avaient pu le savoir, ils n'auraient plus songé au repos ; ils se seraient jetés sur leurs mustangs et élancés à fond de train vers la Montagne Perdue.

CHAPITRE III

DE L'EAU ENFIN!

Pendant ce temps et avec bien de la peine, bien des coups de fouet et bien des cris de « *Anda mula maldita!* » les mineurs s'avançaient péniblement vers la Montagne Perdue. Ils se traînaient plutôt qu'ils ne marchaient, car les mules, affaiblies par la longue disette d'eau, ne pouvaient plus tirer leurs lourds chariots, et les bêtes de somme chancelaient sous leur charge.

En voyant la montagne de l'endroit où Pedro s'était arrêté, les mineurs avaient eu la même idée que Robert Tresillian. Ils s'étaient figuré que leur guide se trompait en évaluant à vingt milles la route qu'il leur restait à faire. Ceux qui passent leur vie sous la terre comme les mineurs, ou sur mer comme les marins, sont souvent mau-

vais juges de tout ce qui se fait à la surface du globe terrestre. Mais les conducteurs, muletiers et autres, savaient
bien que le gambusino ne les trompait pas.

Tous arrivèrent bientôt à la même conclusion. Lorsqu'ils eurent cheminé pendant une heure, ils ne semblaient pas plus rapprochés de la montagne, et après la
seconde heure de marche, c'est à peine si la distance semblait avoir diminué.

Le jour n'était pas loin de son déclin, quand ils parvinrent assez près de la Montagne Perdue pour pouvoir en
distinguer toutes les particularités et en voir nettement
tous les contours.

Cette montagne présente à vrai dire l'aspect d'un catafal-
que colossal, elle a une forme oblongue, mais le sommet
n'en est pas uni, car la ligne horizontale est coupée à chaque instant par des arbres dont la silhouette se dessine plus
ou moins haut sur le fond bleu du ciel. Chose extraordinaire, elle paraît plus large au sommet qu'à la base, ce
qui tient à ce que ses flancs escarpés forment une succession de corniches, dont quelques-unes sont de véritables
falaises à pic. Cette vue n'a rien de lugubre, cependant,
parce que ces innombrables précipices sont émaillés de
verdure toutes les fois qu'un peu de terre dans une crevasse
de rochers, ou sur une crête plus large que les autres, a
permis à des végétaux d'y prendre racine.

La Montagne Perdue s'étend à peu près du nord au sud.
Elle a environ quatre milles de longueur sur une de ses
faces et un peu plus d'un mille de largeur, tandis qu'elle

a quelque cinq cents pieds d'élévation. C'est peu pour une montagne, mais c'est assez pour lui mériter ce nom dans ces immenses plaines découvertes où elle n'a pour concurrence ni *sierra*, ni éminence quelconque, où elle s'élève solitaire, égarée et comme perdue au milieu du désert.

De là son appellation bizarre de Montagne Perdue.

. . . .

« De quel côté est le lac, señor Vicente? demanda Robert Tresillian qui marchait toujours en tête de la caravane avec don Estevan et le gambusino.

— Du côté sud, répondit celui-ci, et c'est bien heureux pour nous, car sans cela nous aurions à faire au moins une lieue de plus.

— Comment! je croyais que la montagne tout entière n'avait pas plus de quatre milles de long?

— C'est vrai, señor, mais le terrain qui l'entoure est couvert de quartiers de rocs au milieu desquels nous ne pourrions jamais passer avec nos chariots. J'imagine que ces blocs sont tombés du haut de la montagne, mais je n'ai jamais pu comprendre comment ils ont pu rouler à des centaines de mètres de la base! J'ai pourtant étudié toute ma vie les montagnes avant d'étudier celle-là en particulier.

— Et vos études vous ont bien servi, interrompit don Estevan. Mais n'entamons point de discussions géologiques en ce moment. Je suis trop préoccupé d'autre chose.

— De quoi donc? demanda Tresillian.

— J'ai ouï dire que les Indiens visitaient quelquefois
la Montagne Perdue; qui sait si nous n'allons pas en rencontrer?

— Il n'y a rien d'impossible à cela, murmura le gambusino.

— Malgré ma lunette d'approche, continua don Estevan, je ne vois aucun indice de ce genre, mais la montagne
ne se montre à nous que d'un côté, et qui sait ce qui peut
se cacher de l'autre? Il faut tout prévoir, même la male-
chance. Je suis d'avis que ceux qui sont le mieux partagés
sous le rapport des chevaux, aillent en reconnaissance
pour s'en assurer. S'il se trouvait là des Peaux-Rouges en
nombre considérable, étant avertis, nous serions au moins
capables de nous défendre en faisant un *corral*. »

Don Estevan était un ancien militaire. Avant de s'occuper de mines, il avait fait plus d'une campagne contre les
trois grandes tribus indiennes hostiles aux Mexicains : les
Comanches, les Apaches et les Navajos; aussi le gambusino se garda bien de rejeter son conseil. Il l'approuva de
point en point et demanda seulement à faire partie des
éclaireurs. On choisit pour l'accompagner une demi-douzaine d'hommes courageux dont les chevaux avaient encore
assez de vigueur pour leur permettre d'échapper aux sauvages, s'ils étaient poursuivis.

Henry Tresillian était de ce nombre. Il s'était offert
lui-même dès les premiers mots de don Estevan, car il ne
craignait rien pour sa monture; il savait que *Crusader*
— c'était le nom de son cheval — était de force à le

porter n'importe où, et à distancer n'importe quel ennemi.

Crusader était un magnifique cheval arabe qui n'avait pas son pareil au monde. Sa robe d'un noir d'ébène, sur laquelle pas un poil blanc ne tranchait, ses jambes fines et nerveuses, sa tête intelligente et son corps à la fois élégant et fort, en faisaient un animal hors ligne. Henry l'aimait comme un ami. Tous les chevaux de la caravane semblaient malades, épuisés, à demi morts de soif : Crusader, lui, ne paraissait pas avoir souffert. Il est vrai que son jeune maître avait partagé avec lui jusqu'à sa dernière ration d'eau.

Quelques minutes après, les éclaireurs, ayant reçu les instructions nécessaires, partirent au galop.

Robert Tresillian n'avait fait aucune objection au départ de son fils. Il était heureux de voir le courage dont Henry faisait preuve à toute occasion, et il le suivit longtemps d'un regard attendri.

D'autres yeux que les siens restèrent longtemps aussi fixés sur le jeune homme avec un mélange de crainte et de fierté. C'étaient ceux de Gertrudès Villanneva. Elle était fière de la vaillance déployée par celui que son jeune cœur commençait à aimer, mais sa tendresse de femme s'inquiétait des dangers auxquels il s'exposait continuellement.

. . . .

Vingt minutes après, toute la caravane avait changé d'aspect. Les animaux, les narines frémissantes, levaient la tête, humaient l'air, dressaient les oreilles et les agi-

taient convulsivement. Les mugissements des bêtes à
cornes répondaient aux hennissements des chevaux et des
mulets. Quel tumulte ! quel vacarme assourdissant ! La
voix du majordome, chargé de veiller sur la caravane, le
dominait.

« *Guarda la estampedo !* » criait-il, de toute la force de
ses poumons.

Les bêtes altérées sentaient l'eau. Il n'était plus besoin
de coups de fouet pour les faire avancer, loin de là. A
peine leurs conducteurs pouvaient-ils contenir leur
ardeur.

Bientôt tous prirent le galop. Ce fut une course folle
jusqu'au lac. Mules et chevaux pêle-mêle, avec les chariots et les bestiaux, galopaient au milieu d'un bruit dont
rien ne peut donner l'idée. Les lourds chariots roulaient
avec la rapidité de l'éclair, et comme, à mesure que l'on
approchait de la montagne, le sol était jonché de pierres
parfois assez grosses pour soulever les roues et faire pen-
cher les voitures, les femmes et les enfants qui y étaient
renfermés poussaient des cris perçants et s'attendaient à
tout moment à être renversés.

Heureusement, mais par un hasard presque extraordinaire, car les conducteurs ne pouvaient plus guider
leurs mules, les chariots gardèrent leur équilibre dans ce
dédale de rochers; personne ne fut sérieusement blessé.
On en fut quitte pour quelques contusions peu graves.

De ce train-là, il ne fallait pas longtemps pour arriver
au lac. Les voyageurs, entraînés par ce tourbillon, virent

LES ANIMAUX NE S'ARRÊTENT QUE LORSQU'ILS BURENT
DE L'EAU PLUS HAUT QUE LES NASEAUX.

bientôt devant eux une immense nappe d'eau, illuminée par les derniers rayons du soleil couchant, et entourée de vertes prairies.

Les éclaireurs, qui n'avaient rien découvert de suspect, étaient encore à cheval au pied de la montagne. Ils furent stupéfaits de voir venir sitôt la caravane, mais leurs camarades n'eurent pas le loisir de leur donner d'explication. Les animaux qui les entraînaient continuèrent leur course échevelée jusqu'au bord du lac, et ne s'arrêtèrent que lorsqu'ils eurent de l'eau plus haut que les naseaux.

Alors on n'entendit plus de hennissements ou de mugissements furieux ; tous demeurèrent silencieux, satisfaits et comme *ivres* d'eau.

CHAPITRE IV

EL OJO DE AGUA

Le lendemain, dès que l'aube commença à blanchir le ciel bleu, les animaux sauvages qui habitaient sur la Montagne Perdue, contemplèrent à leurs pieds un spectacle qu'ils n'avaient jamais vu dans ce lieu solitaire. C'était la première fois qu'un chariot ou tout autre véhicule analogue se trouvait près de ces rochers, éloignés des villes et des campements fixes, et situés en dehors des routes de communication.

Les seuls hommes blancs qui fussent jamais venus là étaient des chasseurs ou des chercheurs d'or isolés, et encore n'avaient-ils fait que de rares apparitions. Les Peaux-Rouges, les Apaches surtout, s'y arrêtaient plus volontiers, car le lac de la Montagne Perdue était presque

sur leur passage quand ils allaient faire des incursions le
long de l'Horcasitas.

Les Mexicains envoyés la veille en éclaireurs avaient
bien découvert de nombreuses traces des passages anté-
rieurs des Indiens, mais aucune récente et susceptible de
leur inspirer des inquiétudes sérieuses. Il n'y avait point
de marques fraîches sur l'herbe de la prairie, et le sable
blanc qui formait autour du lac comme une ceinture d'argent, ne portait pas d'autres traces que celles des hôtes
fauves qui étaient venues y étancher leur soif.

Les mineurs avaient donc dressé leur camp en toute
sécurité, sans toutefois négliger les précautions nécessaires dans le désert. Don Estovan avait fait trop de campagnes pour commettre aucune imprudence. Il n'avait
rien omis de ce qui se pratique en pareil cas. Les six
chariots placés à la suite les uns des autres, avec leurs
brancards entrelacés, constituaient un corral ovale, c'est-
à-dire une enceinte assez vaste pour contenir tous les
voyageurs, et qu'il était facile de renforcer en cas d'attaque en y accumulant les ballots et les caisses de bagages.

Quant aux chevaux et aux bestiaux, on les avait simplement mis au piquet en dehors du corral. Après leurs
souffrances des jours précédents, ils ne devaient pas avoir
la moindre envie de s'échapper de ces pâturage plantu-
reux.

Les feux allumés la veille s'étaient éteints pendant la
nuit, on ne les avait pas entretenus ; à quoi bon ? En été,

la fraîcheur n'est point à redouter. Mais les femmes des
mineurs les rallumèrent de grand matin pour préparer le
déjeuner.

Pedro Vicente se leva avant tout le monde, mais non
pas pour prendre part à ces opérations culinaires qu'il
méprisait profondément, en sa qualité de gambusino et
de guide. S'il était levé de si bonne heure, c'était pour
une double raison, qu'il avait jugé à propos de ne confier
à personne. Il avait seulement dit à son compagnon de
chasse habituel, Henry Tresillian, qu'il voulait gravir la
montagne dès l'aurore, pour y chercher du gibier à poil
ou à plume.

Le gambusino, chasseur émérite, s'était engagé au départ à entretenir la caravane de viande fraîche; or, il
n'avait pas encore trouvé l'occasion de tenir sa promesse,
car le peu de gibier qu'il comptait rencontrer en route
avait fui dans d'autres contrées à cause de la sécheresse.
Il s'agissait de rattraper le temps perdu. Pedro savait par
expérience qu'il y avait des oiseaux et des quadrupèdes
sur ce large plateau couvert d'arbres, d'où sortait le ruisseau qui alimentait le lac. Il avait annoncé au jeune Anglais qu'ils y trouveraient des moutons et des antilopes,
des ours peut-être, mais à coup sûr des dindons sauvages,
qu'on entendait s'appeler et se répondre avec ce cri sonore
qui leur a valu leur nom mexicain de *guajalote*.

En fallait-il davantage pour expliquer son désir d'escalader avant tout autre la montagne? Henry Tresillian
n'eut pas le moindre soupçon de la vérité. Il ne s'imagi-

nait guère que le gambusino eût une autre raison beaucoup plus sérieuse pour vouloir entreprendre cette ascension. Lui-même était grand amateur de chasse et d'histoire naturelle, et il accueillit avec enthousiasme l'idée
d'accompagner Pedro dans cette excursion. La Montagne
Perdue lui offrirait sans doute plus d'une curiosité qui
compenserait largement la peine de la gravir.

S'il faut tout dire, et s'il n'est pas trop indiscret de
dévoiler à nos lecteurs les pensées les plus secrètes du
jeune Anglais, nous ajouterons qu'il faisait cette ascension avec l'intention bien arrêtée de rapporter à la señorita
Gertrudès soit une des fleurs rares dont elle faisait collection, soit un oiseau aux plumes éclatantes ou tout autre
trophée qui lui valût en échange un doux sourire de la
belle jeune fille.

Tous ces motifs réunis firent qu'à la minute même où
Pedro sortait de dessous le chariot où il avait passé la
nuit enveloppé dans une couverture, Henry Tresillian,
non moins matinal, soulevait le coin de sa tente et apparaissait tout équipé. Il portait le costume de chasse des
Anglais, qui lui allait à ravir, et, son carnier sur l'épaule
et son fusil à double coup à la main, il semblait plutôt
prêt à poursuivre des faisans dans un bois réservé ou des
perdrix dans un champ d'Europe, qu'à affronter des animaux qui pouvaient n'être pas tous inoffensifs.

Quant au gambusino, il avait comme la veille les vêtements si originaux de ses pareils, mais il s'était muni
d'une carabine de meilleur calibre, et de cette petite épée

courte qu'on appelle dans le pays un *machete*, et quelquefois aussi un *cortante*.

Tout ayant été convenu entre eux la veille, les chasseurs échangèrent un bonjour rapide et se mirent en quête
de leur déjeuner. Bientôt une des femmes de mineurs
leur tendit une tasse de chocolat et une *tortilla enchilada*
en leur adressant quelques paroles aimables. Ils burent
leur chocolat à la hâte, avalèrent quelques bouchées de
ces gâteaux de maïs secs et durs comme du cuir, qui sont
l'accompagnement obligé de tous les repas des Mexicains,
et se glissèrent sans bruit hors du corral.

Pedro semblait plus impatient de partir que ne le com-
portait la situation; sans doute c'était sur la Montagne
Perdue que se trouvait le point d'attaque, jusqu'ici connu
de lui seul, de la mine qu'il avait découverte dans ses re-
cherches antérieures; mais il était évidemment préoccupé
et troublé par une autre pensée; il était sombre et distrait;
assez loquace ordinairement, il restait morose et silencieux. Henry le suivit sans mot dire.

L'ascension de la Montagne Perdue commença presque
immédiatement après la sortie du camp. Elle n'était praticable qu'en grimpant une montée très raide qui n'était
autre que le lit d'un ravin, une sorte de gorge creusée par
les eaux d'une source qui existait au sommet et dont les
orages et les pluies d'hiver faisaient souvent un torrent.
C'était, dans la saison sèche, un terrain rocailleux, abrupt,
une sorte de fissure dans les rochers qui montait presque
verticalement de la plaine au sommet, entre deux grandes

murailles de pierres. Au milieu coulait le ruisseau qui
n'était pour le moment qu'un filet d'eau.

« Ouf! fit Henry, j'aimerais autant monter à une échelle
de corde !

— Il est certain que c'est suffisamment raide, répondit
Pedro, mais c'est le seul endroit par lequel on puisse
arriver sur le plateau.

— Il n'y a point d'autre chemin nulle part? demanda
Henry.

— Pas le moindre. De tous les autres côtés, la Montagne Perdue n'est qu'une immense corbeille de pierres,
une sorte de forteresse née d'un caprice de la nature, et dé-
fendue de tous les côtés par une série de précipices accessi-
bles seulement aux oiseaux. Les antilopes mêmes ne pourraient les escalader, et si nous en trouvons là-haut, ou bien
elles y seront nées, ou bien elles auront grimpé par ici.

— C'est un vrai chemin de chèvres, dit Henry, que le
roulement des pierres sous ses pas amusait. On est obligé
de marcher en zigzags pour ne pas tomber.

— Prenez garde, señorito, s'écria Pedro en voyant que
son compagnon marchait sans précaution sur les pierres
glissantes ; prenez garde : le déplacement d'une petite
pierre peut amener celui d'une plus grosse, et si ces blocs
roulaient sous vos pieds, ils pourraient rebondir jusqu'au
camp et écraser quelqu'un. »

Le jeune homme devint pâle en pensant aux suites
qu'aurait pu avoir son étourderie. Il voyait déjà ses amis
exposés, par sa faute, aux plus grands dangers.

IV

LA CORNE FUT REMPLIE ET VIDÉE EN UNE SECONDE.

« Rassurez-vous, lui dit le gambusino. S'il y avait eu quelque malheur, nous l'aurions bien entendu.

— Ah! vous m'avez fait peur, dit Henry, mais vous avez raison, il faut faire attention à nos pas. »

L'ascension continua donc plus lentement.

Au bout d'un temps relativement assez court, car ils n'avaient guère eu que cinq cents pieds de hauteur à gravir, les chasseurs parvinrent au-dessus du ravin et se trouvèrent sur un terrain plat et boisé.

Après avoir marché sur le plateau l'espace de trois ou quatre cents mètres, ils se trouvèrent à l'entrée d'une clairière. Le Mexicain s'écria en y entrant : « *El ojo de agua.* »

C'est cette phrase : *el ojo de agua* (l'œil de l'eau), que les Mexicains emploient pour désigner une source quelconque, ou du moins l'endroit où une source sort de terre. Henry Tresillian connaissait déjà ce nom poétique, et il comprit aussitôt ce que voulait dire son compagnon. Vers le milieu de la clairière, l'eau, limpide comme du cristal, s'échappait en bouillonnant d'une fente de rocher, et formait un petit bassin circulaire d'où partait le ruisseau qui se jetait dans le lac et que les chasseurs avaient suivi jusque-là.

Le gambusino prit la corne de bœuf qu'il portait en sautoir et se pencha vers la source.

« Je ne saurais résister à la tentation, dit-il. Malgré la quantité d'eau que j'ai bue hier après être resté si long-temps à la demi-ration, il me semble que je n'arriverai jamais à me désaltérer. »

La corne fut remplie et vidée en une seconde.

« *Delicioso*, » s'écria Pedro en la remplissant de
nouveau.

Henry imita son exemple, mais la coupe qu'il prit dans
son carnier était en argent massif, la vaisselle d'or et
d'argent n'étant pas rare chez les maîtres mineurs de la
Sonora.

Au moment de se remettre en marche, ils entendirent
un bruit d'ailes et virent sur la lisière de la clairière une
compagnie de grands volatiles qui marchaient posément
les uns devant les autres et se baissaient de temps en
temps pour avaler un insecte, ou pour becqueter un brin
d'herbe. C'étaient les guajalotes dont avait parlé Pedro. Ils
ressemblaient tant à leurs congénères de basse-cour
qu'Henry les reconnut sans peine, tout en les trouvant
beaucoup plus beaux que ces derniers.

Un vieux coq ouvrait la marche ; il se dandinait grave-
ment, très fier de sa haute taille et de son brillant plumage
qui sous les rayons du soleil levant étincelait de toutes
les couleurs de l'arc-en-ciel. Avec les dindes et les dindon-
neaux qui l'escortaient, on eût dit un sultan au milieu
de son sérail.

Tout à coup, il releva la tête et poussa un cri d'alarme.
Trop tard. Quatre détonations résonnèrent presque en
même temps, et le vieux coq resta étendu sur le terrain
ainsi que trois de ses satellites. Les autres s'envolèrent
avec des cris sauvages et un bruit d'ailes semblable à
celui d'une machine à battre. C'était évidemment la première fois qu'ils avaient affaire à ces engins meurtriers.

« Nous ne commençons pas trop mal, fit le gambusino.
Qu'en dites-vous, don Henrique ?

— Je ne demande qu'à continuer, répondit Henry qui
savait bien que les belles plumes des guajalotes seraient
appréciées par son amie Gertrudès. Mais qu'allons-nous
en faire? ajouta-t-il, nous ne pouvons pas les emporter
avec nous.

— A quoi bon ? répliqua le Mexicain. Laissons-les par
terre, nous les reprendrons au retour. Ah! reprit-il vivement, il doit y avoir ici des loups et des coyotes, et nous
pourrions bien ne retrouver que des plumes. Mettons-les
à l'abri. »

Ce ne fut pas long. En un clin d'œil les pattes des dindons furent réunies de façon à former une sorte de boucle
par laquelle on accrocha les oiseaux à la plus haute
branche d'un pitahaya. Bien fin serait le coyote qui les
attraperait ! Quel animal eût pu monter le long de la tige
épineuse de cette espèce de cactus ?

« Voilà nos oiseaux en sûreté, dit le gambusino en
rechargeant son fusil. En avant! il faut espérer que nous
rencontrerons d'assez gros spécimens d'une race à quatre
pattes, pour que nous ayons tous de la viande fraîche ce
soir; mais nous serons obligés de courir longtemps, car
nos coups de fusil ont dû effrayer tout le voisinage.

— Le plateau n'est pas si grand, dit Henri, nous n'aurons pas à aller bien loin.

— Il est plus grand que vous ne le croyez, señorito,
car c'est une succession de collines et de vallées en minia-

ture. Hâtons-nous, *muchacho*, j'ai des raisons pour désirer arriver le plus tôt possible à l'autre extrémité du
plateau.

— Quelles raisons? s'écria le jeune Anglais surpris de
l'inquiétude peinte sur le visage de Pedro, et que ne
démentait pas le ton mystérieux dont il parlait. Puis-je
les connaître? ajouta-t-il.

— Certainement. Je les aurais déjà dites à vous comme
aux autres si j'avais été sûr de mon fait, mais je ne tenais
pas à répandre l'alarme au camp sans motifs suffisants.
Après tout, dit-il comme se parlant à lui-même, je me suis
peut-être trompé. Peut-être n'était-ce pas de la fumée?

— De la fumée! répéta Henry. Que voulez-vous dire?

— Je parle de ce que j'ai cru voir hier au moment où
nous arrivions au bord du lac.

— A quel endroit?

— Au nord-est, encore assez loin d'ici.

— Mais en admettant que c'eût été de la fumée, que
nous importe?

— Vous vous trompez, señorito. Dans cette partie du
monde, cela importe beaucoup. Cela peut indiquer un
danger.

— Comment! Vous voulez me mystifier, señor Vicente.

— Nullement, muchacho. Il n'y a pas de fumée sans
feu, n'est-ce pas? »

Henry accueillit par un mouvement de tête ironique
cette vérité reconnue dans tous les pays.

« Eh bien, poursuivit Pedro, un feu dans les llanos

ne peut guère avoir été allumé par d'autres que par des Indiens. Me comprenez-vous, à présent?

— Parfaitement, mais je croyais que dans la partie de la Sonora où nous nous trouvons il n'y avait que des Indiens Opatas, qui ont des mœurs très douces et ont toujours été considérés comme nos amis depuis qu'ils sont convertis et civilisés.

— Les villages des Opatas sont bien loin d'ici et dans une direction opposée à celle où j'ai entrevu de la fumée. Si je ne me suis pas trompé, le feu d'où venait cette fumée était allumé, non par des Opatas, mais par des hommes qui ne leur ressemblent que par la couleur de leur peau.

— Des Indiens aussi?

— Des Apaches.

— Ce serait terrible, murmura le jeune Anglais, qui avait assez vécu à Arispe pour connaître la réputation sanguinaire de cette tribu et le péril qu'il y avait à en rencontrer une horde. J'espère qu'ils sont bien loin de nous, dit il plus haut.

— C'est un souhait auquel je m'associe de tout mon cœur, répondit Pedro. S'ils nous surprenaient, quelques-uns de nos hommes auraient grandes chances d'être scalpés! Mais, *muchacho mio*, ne nous effrayons pas avant de savoir si nous sommes réellement en danger. Comme je vous le disais tout à l'heure, je ne suis pas absolument certain de ce que j'avance. L'estampeda a commencé presque aussitôt après que j'avais cru voir quelque chose, et je n'ai plus songé qu'à ce qui se passait dans la caravano. Lorsque j'ai voulu regarder de nouveau, il ne faisait plus assez clair pour rien distinguer.

— C'était peut être de la poussière soulevée par le vent, dit Henry.

— Je le souhaite. J'ai interrogé plusieurs fois l'horizon pendant la nuit, et toujours sans rien voir de suspect ; mais malgré tout je ne suis pas tranquille. C'est plus fort que moi!... Quand on a été prisonnier des Apaches, ne fût-ce qu'une heure, on ne voyage pas sans trembler dans les pays où l'on est exposé à en rencontrer. Pour mon compte, j'ai de bonnes raisons pour ne pas oublier ma captivité chez eux. Voyez plutôt ! »

Le Mexicain écarta ses habits et exposa aux regards de son compagnon une profonde brûlure qui figurait sur sa poitrine une tête de mort.

« Voilà ce que les Apaches m'ont fait. Vous voyez qu'ils n'y vont pas de main morte. Cela les amusait beaucoup, et ils avaient l'intention de pousser leur amusement encore plus loin en se servant de moi comme d'une cible pour montrer leur adresse. Je pus me sauver à temps, mais je l'ai échappé belle. Comprenez-vous maintenant, *muchacho*, pourquoi j'ai si grande impatience d'arriver à un endroit de ce plateau d'où je puisse éclaircir mes doutes? Ah! les démons! si je les tenais, avec quel plaisir je me vengerais ! »

Tout en parlant, les chasseurs marchaient toujours, mais ils n'avançaient que très difficilement, à cause des broussailles et des lianes entrelacées qui obstruaient leur route. Ils rencontrèrent à plusieurs reprises des sentes de bêtes fauves, et, en traversant un terrain sablonneux, Pedro fit remarquer à son compagnon des traces qu'il affirma être celles d'une espèce de mouton sauvage nommé *carnero*.

« Je savais bien que nous en trouverions, dit-il. Si toute la caravane ne mange pas aujourd'hui du mouton rôti, je ne m'appelle pas Pedro Vicente; cependant, ne nous attardons pas à les poursuivre, señorito. Attendons d'être fixés sur notre propre sort, car s'il est vrai que nous avons commencé notre journée par la chasse, il faut nous assurer, avant de la continuer ainsi, que nous n'aurons pas à la terminer par une bataille. — Ah! qu'est-ce que cela?... »

On venait d'entendre à quelque distance un bruit semblable à celui que fait le sabot d'un animal en frappant le sol. Ce bruit se répéta rapidement à plusieurs reprises; il était accompagné d'une sorte de ronflement.

Le gambusino s'arrêta court, posa sa main sur l'épaule d'Henry pour l'empêcher de remuer et lui dit à l'oreille :

« C'est un carnero. Puisque le gibier vient se mettre de lui-même au bout de notre fusil et que cela ne nous détourne pas, profitons-en! »

Henry ne demandait qu'à décharger les deux coups de son fusil.

Les chasseurs se faufilèrent doucement sous les arbres et arrivèrent au bord d'une autre clairière où paissait un troupeau de quadrupèdes qu'au premier abord on pouvait prendre pour des cerfs. Henry Tresillian s'y serait peut-

6

être trompé, si au lieu des bois du cerf il ne leur eût vu
des cornes de mouton. C'étaient des moutons sauvages,
aussi différents de ceux que nous connaissons qu'un
lévrier d'un basset. Ils n'avaient ni pattes courtes, ni grosse
queue, ni toison touffue; leur peau était lisse et douce;
leurs membres allongés, nerveux, souples comme ceux
d'une biche.

Le troupeau se composait de mâles et de femelles. L'un
des premiers, un bélier d'un âge vénérable, possédait des
cornes tournées en spirale, beaucoup plus grosses que
celles des autres et d'une telle longueur qu'on se demandait
comment faisait son propriétaire pour tenir sa tête droite
sous un pareil fardeau. C'était lui cependant qui la rele-
vait avec le plus de fierté, c'était lui que Pedro avait
entendu frapper du pied et aspirer l'air bruyamment. Il
répéta encore une fois cette manœuvre, mais ce fut la
dernière : on le guettait dans le taillis, et à travers les
feuilles mortes le canon d'une carabine était braqué sur
lui.

Il y eut un double jet de flamme et de fumée, une
double détonation, et le vieux bélier tomba mort. Ses
compagnons furent plus heureux. Les deux balles d'Henry
glissèrent sur leur peau comme sur une cuirasse d'acier,
et ils s'enfuirent sains et saufs.

« *Carrai !* s'écria le gambusino quand il voulut ramasser
son gibier, nous n'avons pas si bien réussi que l'autre fois.
C'est un coup manqué.

— Pourquoi ? demanda le jeune Anglais surpris.

— Comment pouvez-vous me le demander, señorito! Votre nez devrait vous en avertir! *Mil diablos*, quelle odeur fétide! »

Henry s'étant approché partagea l'opinion de Pedro. Le bélier exhalait une odeur nauséabonde pire que celle d'un bouc.

« C'est insoutenable, dit-il à son tour.

— Quelle folie d'avoir perdu une balle pour une bête immangeable! continua le gambusino. Dire que ce n'est ni pour sa taille, ni pour ses cornes phénoménales que je l'ai tué, que c'est uniquement parce que j'ai l'esprit si plein d'autre chose que je n'ai pas même fait attention à la bête que je visais!

— A quoi songiez-vous donc? demanda Henry.

— A la fumée!... Allons, ce qui est fait est fait. N'en parlons plus et laissons cette bête aux coyotes. Plus tôt ils nous en débarrasseront, mieux cela vaudra. Pouah! éloignons-nous au plus vite! »

CHAPITRE V

UN REPAS HOMÉRIQUE

Si les Blancs s'étaient levés avec l'aurore, les Peaux-Rouges avaient été plus matineux encore, car, de même que l'animal dont ils portent le nom, ils opèrent leurs rapines de nuit plutôt que de jour. Il s'y joignait une autre cause : le désir d'arriver au Nauchampa-Tepetl avant la grosse chaleur. Les sauvages sont loin d'être insensibles au bien-être, et, d'ailleurs, le succès de leur expédition dépendant du bon état de leurs montures, ils tenaient à ne pas les exténuer par une course en plein midi. Aussi, les Coyoteros étaient-ils sur pied bien avant le crépuscule. Ils se mouvaient dans la demi-obscurité comme des spectres rougeâtres et observaient le silence le plus profond, non par peur de trahir leur présence à des ennemis, puisqu'ils

avaient la certitude d'être seuls, mais parce que telle est
leur coutume.

Leur première pensée fut de déplacer leurs chevaux qui
avaient tondu l'herbe tout autour de leurs piquets; la
seconde, de déjeuner eux-mêmes. Pour cela, grâce à leurs
apprêts de la veille, ils n'avaient qu'à soulever le couvercle de terre qui recouvrait leur four d'une nouvelle
espèce, pour en retirer les mezcals cuits à point.

Cinq ou six Indiens se chargèrent de cette besogne peu
attrayante. Ils enlevèrent d'abord, à la poignée, les mottes
de gazon calcinées et fumantes. La terre réduite en cendres
exigeait plus de précautions, car elle était brûlante, mais
les sauvages cuisiniers savaient la manière de s'y prendre,
et bientôt la peau de cheval apparut carbonisée, mais offrant
encore une résistance pour pouvoir être hissée sans encombre au milieu du camp. On fendit l'enveloppe d'un
coup de couteau, et le mets savoureux répandit tout à
l'entour un parfum appétissant qui chatouilla agréablement les nerfs olfactifs des Peaux-Rouges, et leur donna
un avant-goût des plaisirs qui leur étaient réservés.

En réalité, c'était un plat délicieux, même pour d'autres
que pour des sauvages : sans parler de la chair de cheval
que certains gourmets trouvent exquise ainsi préparée,
le mezcal est un manger aussi bon qu'original. Il ne
ressemble à rien de connu. Il a un peu l'aspect et le goût
douceâtre du citron confit, mais il est plus ferme et d'une
couleur plus foncée. Quand on en mange pour la première
fois, on se sent la langue percée de mille petits dards ; on

éprouve une sensation impossible à exprimer et qui n'a
rien de bien agréable lorsqu'on n'y est pas accoutumé.
Mais cela se passe bientôt, et tous ceux qui ont eu la
curiosité de goûter du mezcal arrivent très vite à l'appré-
cier à sa juste valeur. Beaucoup de grands personnages
mexicains le regardent comme un plat de luxe, et on le
vend fort cher à Mexico et dans les principales villes du
Mexique.

Le mezcal est la nourriture favorite des Apaches ; aussi
quand le mot : « prêt » eut été laconiquement prononcé
par les maîtres d'hôtel, la bande des Coyoteros se jeta
gloutonnement sur le pâté bouillant et s'escrima des
doigts et des dents sans souci des brûlures. Il ne resta
bientôt plus rien, et si l'enveloppe de peau de cheval n'eut
pas le même sort, ce fut parce que les sauvages étaient
rassasiés, car en cas de disette ils la mangent fort bien et
la trouvent même très bonne. Ce jour là, ils l'abandon-
nèrent à leurs homonymes à quatre pattes, les coyotes.

Après ce repas homérique, ils se mirent à fumer. Les
Indiens de l'Amérique, à quelque tribu qu'ils appar-
tiennent, sont adonnés à l'usage du tabac. Il en était
ainsi bien avant l'arrivée de Christophe Colomb. Chacun
des Coyoteros avait sa pipe et sa blague pleine de tabac
plus ou moins pur, selon le résultat de leurs dernières
campagnes. Ils fumèrent silencieusement, comme toujours,
et quand leur pipe fut éteinte et remise en place, ils se
levèrent, détachèrent leurs chevaux, enroulèrent soigneu-
sement les cordes qui les retenaient captifs, reprirent leur

mince bagage, et sautèrent en selle d'un mouvement
commun. Alors, comme la veille, ils se rangèrent deux
par deux en une longue file, et partirent au trot.

A peine le dernier Peau-Rouge avait-il quitté le camp,
que d'autres êtres vivants accouraient en foule pour les
remplacer. Ces nouveaux venus étaient des loups qui
avaient passé toute la nuit à hurler lugubrement. Alléchés
par l'odeur du cheval tué, ils n'attendaient que le départ
des sauvages pour prendre part au banquet.

Bientôt après, les Coyoteros cessèrent d'apercevoir la
Montagne Perdue. Cela tenait à une dépression du terrain
qui se prolongeait pendant plusieurs milles, mais la route
leur était si familière qu'ils ne s'inquiétèrent nullement
d'avoir à la retrouver.

Pour ménager leurs mustangs, ils allaient d'un pas
modéré; rien ne les pressait, du reste, car ils avaient
largement le temps d'arriver avant la forte chaleur. Loin
d'être silencieux cette fois, ils causaient bruyamment entre
eux et riaient à gorge déployée. Ils avaient bien dormi,
encore mieux déjeuné, et ils ne craignaient nulle attaque
en plein jour. Malgré tout, et par pure habitude, ils
regardaient machinalement autour d'eux et observaient
jusqu'aux moindres indices.

Tout à coup, ils entrevirent quelque chose qui leur
donna beaucoup à réfléchir. Ce n'était ni à l'horizon ni
dans le llano, c'était dans le ciel bleu une bande d'oiseaux
au noir plumage. Qu'y avait-il donc là de si extraordinaire
et en quoi les Indiens pouvaient-ils s'inquiéter de la pré-

sence d'oiseaux ? C'est que ces oiseaux qui volaient au-
dessus de leurs têtes étaient des vautours de deux espèces,
des *gallinazos* et des *zopilotes*, ces fameux balayeurs des
rues de Mexico, et qu'au lieu de décrire des cercles con-
centriques ou des spirales comme à leur ordinaire, ils se
dirigeaient d'un vol rapide vers un point fixe où les
appelait évidemment quelque charogne.

Il y en avait des quantités innombrables, à ce point
qu'ils formaient dans le ciel une longue traînée noire, et
ils se dirigeaient tous à la suite les uns des autres dans
une seule direction, celle-là même que suivaient les
Indiens, celle du Nauchampa-Tepetl.

« Qu'est-ce qui attire les vautours vers la Montagne
Perdue ? »

Telle fut la question qu'agitèrent entre eux les Coyoteros. Ils ne pouvaient la résoudre que par des conjectures.
Il fallait qu'il y eût là plus d'un cadavre d'antilope ou de
mouton sauvage pour faire venir autant de vautours de
si loin ! Sans les alarmer aucunement, ce spectacle piquait
leur curiosité, et ils pressèrent le pas.

Quand ils arrivèrent de nouveau en vue de la Montagne
Perdue, ils s'arrêtèrent brusquement. Qu'était-ce encore
qui attirait leur attention ? Une buée rougeâtre s'élevait
du côté sud de la montagne. Serait-ce du brouillard pro-
venant du lac ? Non. Leurs yeux experts reconnurent
presque aussitôt la fumée d'un feu, et tout de suite ils
comprirent que d'autres voyageurs les avaient devancés
et étaient déjà campés au pied du Nauchampa-Tepetl.

7

Mais quelle sorte de voyageurs ? des Opatas ? C'était peu
probable. Les Opatas, — *Indios mansos*, — les esclaves,
comme ils appellent avec mépris ces autres races d'Indiens
qui ne leur ressemblent en rien, eux qu'on peut nommer
les Pirates du Désert, — les Opatas sont un peuple ; — travailleurs, ils restent dans leurs villages et ne pensent qu'à
la culture des terres et à l'élevage des bestiaux. Il n'y avait
aucune raison pour que ces individus pacifiques se fussent
aventurés à une aussi grande distance de leurs établissements. Que seraient-ils venus faire là ? C'était bien plus
vraisemblablement une bande de Blancs en quête de ce
métal brillant qu'ils cherchent partout, jusque dans le
domaine des Indiens, le désert, où ils ne trouvent souvent
que la mort la plus atroce.

« Si nous avons affaire à des Visages-Pâles, nous
saurons châtier l'audace des envahisseurs. »

Telle fut la résolution que prirent les Coyoteros.

Tandis qu'ils examinaient la colonne de fumée pour
tâcher d'évaluer le nombre de feux qui l'avaient produite,
et d'en déduire celui des hommes qui les avaient allumés,
une autre fumée plus petite, plus blanche, une simple
bouffée passagère, s'éleva du haut de la montagne et se
dissipa presque instantanément. Quoiqu'ils n'eussent
rien entendu, les sauvages en conclurent que cela prove-
nait d'un coup de fusil. Dans l'atmosphère raréfiée des
llanos, la vue l'emporte sur l'ouïe : on ne perçoit les
sons qu'à une très faible distance. Les Indiens étant
encore à plus de dix milles de la montagne, auraient à

peine pu entendre un coup de canon tiré sur le plateau.

Ils délibéraient encore, quand une seconde bouffée de fumée partit d'un autre point de la montagne et s'évanouit comme la précédente. Cette fois, les Peaux-Rouges surent à quoi s'en tenir. Il y avait un camp de Blancs au bord du lac, et des chasseurs étaient montés sur le plateau. Mais de quel genre d'individus étaient ces Blancs ? C'est là ce qu'ignoraient les Coyoteros. Il se pouvait que ce fût une bande de mineurs, mais il se pouvait aussi que ce fût un régiment mexicain, ce qui changeait la question. Non pas qu'ils eussent peur d'une rencontre avec des soldats, loin de là ! Leur tribu, et eux en particulier, avaient une vieille querelle à vider avec les uniformes mexicains, mais leur mode d'action devait être tout autre. S'ils eussent été sûrs de leur première hypothèse, ils seraient allés droit au camp et l'auraient assailli vigoureusement, tandis que, dans la seconde, il leur fallait user de stratagème.

Au lieu donc de continuer à marcher en une seule troupe, ils se séparèrent en deux corps, dont l'un se dirigea à droite et l'autre à gauche, de manière à entourer le camp des Visages-Pâles.

Si les grands vautours qui obscurcissaient le ciel allaient vers la Montagne Perdue pour y faire un bon repas, ils pouvaient être sans inquiétude, leur espoir ne serait pas déçu !

CHAPITRE VI

LOS INDIOS*

Nous avons laissé nos chasseurs au moment où ils s'é-
loignaient du vieux bélier tombé sous les coups de don
Pedro.

Henry ne partageait pas l'opinion de son camarade. Il
trouvait que les cornes en spirale du carnero valaient la
peine d'être emportées; aussi, quoique ce trophée ne lui
appartint pas précisément par droit de conquête, il résolut
de se l'approprier quand il reviendrait. Quel bel effet
feraient ces gigantesques cornes cannelées dans un
« hall » de la vieille Angleterre !

Un seul regard jeté sur le gambusino effaça toutes ces
pensées. Le Mexicain paraissait de plus en plus soucieux,
et Henry, qui comprenait toute la gravité de ses préoccu-

pations, se laissa également envahir par l'inquiétude. Ni
l'un ni l'autre ne disaient mot. Ils avaient assez à faire de
se frayer un chemin dans le fouillis de lianes et de branches d'arbres où ils se trouvaient. Il n'existait pas même
de sente de bêtes fauves. Tous ces obstacles ralentissaient
leur marche; aussi, chaque fois que Pedro était obligé de
se servir de son machete, il y joignait un accompagnement de jurons énergiques, aussi nombreux que les broussailles qu'il abattait.

Ainsi arrêtés à chaque pas, les chasseurs mirent plus
d'une heure pour faire moins d'un mille. Enfin, ils attei-
gnirent l'extrémité du makis et finirent par arriver à la
limite du plateau. Là, leur vue s'étendait sans bornes, au
nord, à l'est et à l'ouest, et embrassait une surface de llano
d'au moins vingt milles. Ils n'eurent pas besoin de regarder si loin pour trouver ce qu'ils cherchaient. A mi-che-
min de cette distance, on voyait un épais tourbillon de
couleur jaunâtre dont la base reposait sur la plaine.

« Ce n'est pas de la fumée, dit le gambusino, mais c'est
de la poussière soulevée par une troupe de chevaux. Il
doit bien y en avoir plusieurs centaines!

— Ce sont peut-être des mustangs sauvages, dit Henry.

— Non, señorito, ils ont des cavaliers sur leur dos, car
sans cela le nuage de poussière qu'ils soulèvent serait
bien autrement dispersé... Ce sont des Indiens! »

Pedro se retourna vivement du côté du camp.

« *Carrai!* s'écria-t-il, quelle imprudence d'avoir fait du
feu! Mieux eût valu ne pas déjeuner!... C'est moi qui suis

le plus coupable, car j'aurais dû les avertir. Il est trop tard maintenant. Les Indiens ont évidemment aperçu cette fumée, et celle aussi de nos coups de feu, ajouta-t-il en secouant la tête. Ah! muchacho, nous avons fait plus d'une bévue! la préoccupation qui m'avait fait gravir ce plateau aurait dû tout dominer! »

Henry ne répondit pas. Qu'eût-il pu répondre?

« Quel malheur que je n'aie pas demandé à don Estevan de me prêter son télescope, continua Pedro, mais j'en vois assez à l'œil nu pour être certain que mes craintes étaient malheureusement bien fondées. Notre chasse est finie, señorito, et nous nous battrons avant le coucher du soleil, peut-être même avant midi!... Regardez! Voilà qu'ils se séparent. »

En effet, le nuage de poussière et la masse plus sombre qui était dessous se divisèrent; les formes devinrent moins confuses; on distingua plus nettement des chevaux, des cavaliers et des armes qui scintillaient au soleil.

« Ce sont des Indiens *bravos*, dit le gambusino d'une voix grave. Si ce sont des Apaches, comme je le crains, que le ciel nous protège! Je ne sais que trop ce que signifie leur manœuvre actuelle : ils ont vu *notre fumée*, et ils comptent nous surprendre en nous attaquant à la fois des deux côtés de la montagne. Retournons au camp de toute la vitesse de nos jambes. Nous n'avons pas une minute à perdre, pas même une seconde! »

Cette fois les chasseurs ne s'attardèrent pas en route. Ils coururent à perdre haleine le long du chemin qu'ils avaient tracé dans le makis ; ils passèrent près du carnero, près de la source, près des dindons toujours accrochés sur leur pitahaya, sans songer à s'arrêter et encore moins à prendre leur gibier.

. . . .

Tout le camp des mineurs était en mouvement. Hommes, femmes et enfants étaient debout et à l'œuvre. Les uns versaient de l'eau sur les roues desséchées des chariots pour empêcher le bois de se retirer; d'autres raccommodaient les harnais et les selles; d'autres encore s'occupaient dans la prairie à mettre les chevaux à des places fraîches; enfin quelques-uns écorchaient et dépeçaient un bœuf.

Des femmes et des jeunes filles entouraient les différents feux sur lesquels elles faisaient la cuisine ; armées de petites verges, elles fouettaient le chocolat qui cuisait dans des pots de terre, de manière à en faire une crème mousseuse. D'autres, à genoux, la pierre *metate* devant elles et le *metlapilla* à la main, broyaient le maïs bouilli qui sert à préparer leurs éternelles tortillas.

Les enfants jouaient au bord du lac. Ils entraient dans l'eau jusqu'à la cheville et barbotaient comme de petits canards. Les plus grands avaient fabriqué des lignes avec un bâton, une ficelle et une épingle recourbée, et s'efforçaient de pêcher avec ces engins primitifs. Le lac, quoique situé au milieu du désert, était peuplé de poissons argentés. Le ruisseau qui le traversait, presque à sec en été, était un affluent de l'Horcasitas, qui devenait parfois assez volumineux pour permettre aux poissons de le remonter.

On avait dressé trois tentes dans le corral : une carrée, très grande, et deux autres plus petites, qui étaient en forme de cloche. Celle du milieu, la grande, servait à don Estevan et à la señora Villanneva ; celle de droite était occupée par Gertrudès et sa femme de chambre indienne ; celle de gauche par Henry Tresillian et son père. Toutes les trois étaient vides. Robert Tresillian passait l'inspection du camp avec le majordome; son fils, nous le savons déjà, avait accompagné Pedro dans son excursion, et toute la famille Villanneva se promenait autour du lac, légèrement ridé par la brise.

Les promeneurs se disposaient à rentrer, lorsqu'un cri poussé du haut du ravin, remplit tout le camp d'alarme.

« *Los Indios !* » (Les Indiens!)

Chacun leva la tête avec curiosité.

Pedro et Henry Tresillian se tenaient sur une saillie de rocher qui surplombait le camp ; ils répétèrent encore leur appel et dégringolèrent le long de la montagne, au risque de se casser le cou. A l'entrée du ravin, ils trouvèrent une foule de gens en émoi qui les assaillirent de questions auxquelles ils ne répondirent que par ces deux mots : « Los Indios. » Écartant ces importuns, ils se précipitèrent vers l'endroit où les attendaient Villanneva et son associé qui l'avait rejoint.

« Où donc avez-vous vu des Indiens, don Pedro? demanda Robert Tresillian.

8

— Dans le llano, au nord-est.

— Êtes-vous certain que ce soient des Indiens?

— Oui, señor. Nous avons reconnu des cavaliers armés qui ne peuvent être que des Peaux-Rouges.

— A quelle distance peuvent-ils être? demanda don Estevan.

— Quand nous les avons aperçus, ils étaient à environ dix milles, — peut-être même davantage, — et ils ne doivent pas être beaucoup plus près, maintenant, car nous avons à peine mis trente minutes pour redescendre. »

La respiration haletante des chasseurs et leurs visages empourprés témoignaient de la rapidité de leur course. Ce retour avait été un véritable steeple chase.

« Il est heureux que vous les ayez vus de si loin, reprit don Estevan.

— Ah! señor, dit Pedro, ils ont beau être loin, ils seront bientôt ici. Ils ont deviné notre présence et ils sont déjà en route pour nous envelopper. Une cavalerie légère comme la leur n'est pas longue à faire dix milles dans une plaine aussi unie.

— Que nous conseillez-vous de faire, don Pedro? demanda le vieux militaire en tortillant sa moustache d'un air anxieux.

— Avant tout, il ne faut pas rester ici, répondit le gambusino. Levons le camp le plus tôt possible. Dans une heure, il pourrait être trop tard.

— Expliquez-vous donc, Pedro, je ne vous comprends pas: lever le camp? Et pour aller où?

— Là-haut, dit le guide en désignant la Montagne Perdue.

— Mais il nous sera impossible d'y faire monter nos animaux, et nous n'aurons jamais le temps d'y transporter tous nos bagages.

— C'est à craindre, mais nous pourrons encore nous estimer heureux de sauver nos personnes, qui là-haut trouveront un refuge.

— Alors votre avis serait de tout abandonner.

— Oui, señor; tout s'il le faut, et le moins possible, si l'on a le temps. Je regrette de ne pouvoir dire mieux, mais il n'y a pas d'autre alternative, et nous n'avons pas à hésiter, si nous tenons à notre peau.

— Comment! s'écria Robert Tresillian, il nous faudrait nous résigner à perdre tout ce que nous possédons : nos bagages, nos outils et jusqu'à nos bêtes? Ce serait une terrible calamité! Tous nos gens sont courageux et bien armés; nous pourrions certainement nous défendre.

— Impossible, don Robert, impossible, quand même ils seraient encore plus courageux et mieux armés. D'après ce que j'ai pu voir, les Peaux-Rouges sont au moins dix contre un des nôtres, et nous aurions certainement le dessous. D'ailleurs, même si nous arrivions à leur résister de jour, la nuit ils trouveraient moyen de nous incendier en nous jetant des brandons. Tout est sec et s'enflammerait comme une allumette à la moindre étincelle. Nous avons des femmes, des enfants à protéger; là-haut seulement ils peuvent être, ils seront en sûreté.

— Mais, insinua Robert Tresillian, qui nous dit que
ces Indiens nous sont hostiles? Peut-être est-ce une bande
d'Opatas?

— Non, s'écria le gambusino impatienté, ce sont des
bravos, et je suis presque sûr que ce sont des Apaches.

— Des Apaches ! répétèrent ceux qui les entouraient,
d'un ton qui prouvait la terreur que ces redoutables sauvages inspiraient à tous les habitants de la Sonora.

— Ce ne sont ni des Opatas ni des *mansos* d'aucune
tribu, continua Pedro. Ils viennent du côté du pays des
Apaches, ils n'ont ni bagages, ni femmes ni enfants, et
je gagerais qu'ils sont armés jusqu'aux dents en vue d'une
expédition guerrière.

— En ce cas, dit don Estevan, les sourcils froncés et
l'air sombre, nous n'avons pas à attendre d'eux de bons
procédés.

— Ni de bons traitements, ajouta le gambusino. Nous
n'aurions même pas le droit d'en exiger de la pitié, après
la manière dont le capitaine Gil Perez et ses compagnons
les ont traités. »

Aucun des mineurs n'ignorait le fait auquel Pedro
faisait allusion. Des soldats mexicains avaient tout récemment massacré une bande d'Apaches abusés par de
fausses paroles de paix. Ç'avait été un vrai carnage, une
boucherie accomplie cruellement, de sang-froid, comme
il y en a plus d'une, malheureusement, dans les annales
des guerres de frontière.

« J'ai la certitude, reprit le gambusino d'un ton persuasif, que nous sommes menacés d'une attaque d'Apaches plus nombreux que nous. Ce serait folie de les attendre. Montóns sur le plateau, portons-y tout ce qui sera transportable, abandonnons tout le reste.

— Y serons-nous en sûreté ? demanda Tresillian.

— Comme dans une place forte, répondit Pedro. Aucun fort, construit de main d'homme, ne vaudrait la Montagne Perdue. Vingt soldats y tiendraient en échec des centaines et même des milliers d'hommes. *Caramba !* nous pouvons rendre grâce à Dieu de rencontrer un refuge aussi proche et aussi sûr.

— Il n'y a pas à hésiter, dit don Estevan, après avoir échangé quelques paroles avec son associé. Nous perdrons tout ce que nous possédons, mais nous n'avons pas d'autre parti à prendre. Commandez, señor Vicente, nous vous obéirons en tous points.

— Je n'ai qu'un ordre à donner, s'écria le gambusino. C'est : « *Arriba !* » (Tout le monde là-haut !) Faisons la part du diable ; mais ne laissons au pied de la montagne que ce que nous ne pourrons transporter ! »

A ces paroles de Pedro : « *Arriba !* » (Tout le monde là-haut !) — tout le camp, si paisible un quart d'heure auparavant, fut dans un état de tumulte et d'agitation impossible à décrire. Chacun courait deci, delà, questionnant, s'écriant et se lamentant. Les mères rappelaient leurs enfants auprès d'elles et les serraient sur leur cœur en sanglotant. Elles croyaient déjà voir la lance ou le couteau à scalper des Indiens levés sur eux.

C'était si brusque, si imprévu, qu'on pouvait à peine
comprendre ce que cela voulait dire ; mais, quand on eut
compris, on s'organisa du mieux qu'on put, et l'on se
précipita en foule vers le ravin qui conduisait au sommet
de la montagne. .

Bientôt toute cette pente escarpée, depuis le bas jusqu'au haut, fut couverte d'êtres humains. On eût cru
voir des fourmis sur une fourmilière.

Avec leur galanterie habituelle, les mineurs s'inquiétèrent, avant tout, de mettre en lieu sûr les femmes et les enfants. Ils prirent des précautions infinies pour les faire parvenir sans encombre sur le plateau ; dans leur précipitation
il y eut sans doute plus d'une chute sur ce chemin rocailleux, plus d'un genou et plus d'une main écorchés et con-
tusionnés ; mais les blessés ne s'en apercevaient même
pas, tant ils avaient hâte d'être hors d'atteinte des Indiens.

Tous étant arrivés sans accident sérieux, les hommes
retournèrent promptement au corral. Il leur en coûtait trop
d'abandonner tout ce qu'ils possédaient à d'exécrables
ennemis, pour ne pas tenter de sauver le plus de choses
possible.

Au premier moment, ils avaient songé surtout à leur pré-
servation personnelle, et s'étaient un peu enfuis, comme
des incendiés ; mais un des hommes envoyés en vedette
au tournant de la montagne, étant revenu annoncer qu'on
ne voyait pas encore les Peaux-Rouges et qu'on avait du
temps devant soi, les mineurs entrevirent la possibilité de
conserver au moins une partie de leurs richesses.

VI

« D'abord les munitions et les provisions de bouche, cria Pedro Vicente que don Estevan avait investi de tous ses pouvoirs. C'est indispensable en cas de siège. Nous prendrons ensuite tout ce que nous pourrons, les outils, les engins de travail, les cordages, les toiles, mais il faut commencer par la poudre et les vivres. »

On lui obéit scrupuleusement. Peu après, le ravin présentait un aspect plus original encore : un essaim d'individus lourdement chargés, allait et venait incessamment de la plaine au sommet de la montagne. Plus laborieux que des abeilles, ils montaient, descendaient et remontaient sans relâche, rapportant à chaque voyage de nouveaux trésors. Une chaîne se fit sur l'ordre de l'ingénieur. Ce fut un déménagement en règle sous l'apparence d'un pillage organisé. Quelques-uns des hommes restés au camp tiraient les effets des chariots, faisaient choix des objets les plus précieux et les mettaient en paquets pour les rendre plus faciles à transporter. D'autres ouvraient sommairement les ballots et les caisses ; dans leur empressement à opérer ce triage, ils coupaient les courroies, déchiraient les enveloppes et en éparpillaient le contenu sur le sol. Si bien qu'en très peu de temps il ne restait plus guère dans le corral que les outils, les machines et les meubles trop lourds pour être montés à bras d'homme par ce chemin peu commode.

Si El Cascabel et les siens avaient pu prévoir que les propriétaires du camp le dévalisaient ainsi, ils auraient préféré crever leurs mustangs pour arriver plus tôt. Ils avançaient pourtant assez rapidement, car les vedettes des mineurs ne tardèrent pas à revenir signaler leur approche.

On réunit encore quelques derniers objets, parmi lesquels les deux petites tentes rondes, et on se disposa à entreprendre l'ascension finale.

Plusieurs hommes s'attardèrent dans la prairie. Il n'y avait pas moyen d'emmener les chevaux. Comment eussent-ils pu marcher dans un sentier praticable seulement pour des chèvres, des antilopes ou des animaux pourvus de griffes? Et leurs maîtres ne s'en séparaient que bien à contre-cœur. Dans quelles mains allaient tomber ces malheureux chevaux ? Cette pensée augmentait le chagrin de les perdre.

Il n'était pas jusqu'aux conducteurs et aux muletiers qui n'eussent de l'affection pour leurs bêtes. Le chef des *arrieros* considérait l'*atajo* entier comme ses enfants, et il avait une tendresse toute particulière pour *la mule aux clochettes*. Que de lieues n'avait-il pas fait, en écoutant ce joyeux tintement qui annonce aux autres mules qu'elles peuvent s'engager sans crainte sur les traces de leur conducteur ! N'entendrait-il plus jamais cette musique harmonieuse ?

Les Mexicains n'avaient pas de temps à perdre. Il fallait brusquer les adieux. On eût dit qu'ils s'adressaient à des créatures raisonnables; tous se servaient de termes affectueux : « *Caballo, caballito mio !* — *Mula, mulita querida!* — *Pobrecita, Dios te guarda !* » Et ils y joignaient

mille imprécations contre ceux qui allaient s'emparer de
leurs bêtes favorites.

Pedro était un des plus excités. Toute sa fortune dépendait de la réussite de l'exploitation de la mine qu'il
avait découverte, et il la voyait subitement compromise ;
car, lors même que les mineurs échapperaient à la mort,
leurs machines les plus coûteuses seraient détruites par
leurs ennemis, et qui pouvait savoir si la maison Villanneva et Tresillian pourrait supporter ce désastre? Cette
perspective, ajoutée au souvenir de ce que Pedro avait
déjà souffert des Apaches, les lui faisait maudire en termes
énergiques. Il ne regrettait pas particulièrement sa monture, qui n'était pas exceptionnellement remarquable, et
s'apprêta enfin à partir. Tous ses camarades étaient déjà
loin de la prairie, à l'exception d'Henry Tresillian. Celui-
ci ne pouvait se décider à quitter Crusader. Debout, à
côté de son cheval, il passait doucement sa main sur son
poil lustré. Des larmes de rage roulaient dans ses yeux.
Hélas ! c'était la dernière fois qu'il le caressait, et jamais
il ne le reverrait !

Le noble animal semblait comprendre son maître : il
le regardait de son grand regard intelligent, et poussait
des gémissements sourds.

« Mon beau Crusader, murmurait le jeune Anglais,
mon pauvre ami, dire qu'il faut t'abandonner, et que tu
deviendras la proie d'un misérable Peau-Rouge !... Oh !
c'est dur, bien dur !... »

Crusader répondit par une plainte plus accentuée. Sans

9

doute il partageait la douleur de ce maître qu'il aimait
tant!

« Que notre dernier adieu soit un baiser, » dit Henry
en posant ses lèvres sur le museau soyeux de Crusader.

Puis, il s'éloigna à grands pas en s'efforçant de dominer
son émotion.

Les mineurs étaient hors de vue quand Henry Tresillian s'engagea dans le ravin. Il s'agissait de ne pas perdre de temps; mais le jeune Anglais n'avait pas fait cent
pas, qu'il se retournait brusquement en prêtant l'oreille.
Il entendait le galop d'un cheval. Serait-ce un Indien
solitaire? Non, c'était Crusader qui essayait de rejoindre
son maître. Arrivé au bas de la montagne, le brave cheval tenta de l'escalader. Tous ses efforts furent inutiles.
Chaque fois qu'il posait ses pieds de devant sur cette pente
raide, les pierres roulaient sous lui, et il retombait sur les
jarrets. Il recommença à plusieurs reprises sans plus de
succès, et toutes ses tentatives étaient accompagnées de
cris plaintifs qui perçaient le cœur d'Henry Tresillian.

Le jeune homme poursuivit vivement son ascension pour
échapper à ce supplice, mais il s'arrêta à mi-côte pour
jeter un dernier coup d'œil sur son fidèle ami. Crusader
était immobile à la même place; il avait renoncé à suivre
son maître, et il faisait entendre, à de courts intervalles, un
hennissement mélancolique, interprète de sa déconvenue
et de son désespoir.

CHAPITRE VII

EL CASCABEL.

A l'extrémité supérieure du ravin, Henry Tresillian trouva son père et don Estevan dirigeant d'importants travaux de défense. Des hommes rassemblaient les énormes blocs de pierre qui couvraient le chemin et les hissaient jusqu'aux mineurs restés sur le plateau. Pour aller plus vite, ils faisaient la chaîne. On eût dit des insurgés improvisant une barricade. Telle n'était pas leur intention cependant. Comme le disait Pedro, la Montagne Perdue valait à elle seule les plus fortes citadelles, et eût défié toute l'artillerie du monde. Ces pierres étaient destinées à un autre usage : elles devaient servir de munitions de guerre en cas d'attaque des Peaux-Rouges.

Chacun travaillait avec tant d'ardeur qu'il y eut bien-

tôt, au-dessus du ravin, une sorte de parapet en forme de
fer à cheval. Quoi qu'il arrive, les Mexicains étaient déjà
assurés de ne pas manquer de moyens de défense.

Quant au reste des mineurs, ils aidaient, avec les femmes
et les enfants, dans la clairière près de l'*Ojo de Agua*, à
placer en lieu convenable tout ce qu'on avait pu apporter
du camp. Quelques-uns, encore troublés, marchaient de
long en large et discutaient chaleureusement sur la situation ; les autres, plus courageux ou plus calmes, mettaient
de l'ordre dans le pêle-mêle de caisses et de ballots encore
épars sur le sol, et attendaient paisiblement les événements.

La señora Villanneva et sa fille, entourées de leurs
domestiques, formaient un groupe à part. La jeune
Gertrudès tenait les yeux fixés sur l'extrémité de la clairière, et interrogeait du regard chacun des arrivants. Elle
semblait inquiète. On lui avait dit qu'Henry Tresillian
n'avait pas quitté le corral en même temps que ses compagnons, et elle tremblait qu'il ne s'attardât et ne courût
quelque péril.

Personne ne songeait encore à dresser les tentes et à
s'installer ; on espérait toujours que ce ne serait qu'une
fausse alerte et qu'on en serait quitte pour la peur.

Comme l'opinion du gambusino sur la nationalité des
Indiens n'était, en somme, basée que sur des conjectures,
don Estevan l'envoya de nouveau en observation. Cette
fois, il lui confia son télescope, et on convint de signaux.
Un seul coup de fusil devait signifier que les ennemis ne

se dirigeaient plus vers la Montagne Perdue ; deux, qu'ils
en étaient proches ; trois, qu'il n'y avait rien à craindre
de leur présence ; et quatre, que c'était au contraire une
bande de *bravos* d'une tribu hostile marchant sur le campement. D'après cela, on pourrait croire que Pedro em-
portait un arsenal complet, tandis qu'en réalité il n'avait
que sa carabine et deux pistolets d'un vieux modèle et
d'une portée modérée ; mais Henry Tresillian, qui l'avait
rejoint, voulait l'accompagner comme la première fois, et
son fusil à double coup suppléerait au besoin aux armes
de Pedro.

Ceci étant bien convenu, les deux envoyés s'engagèrent
dans le sentier conduisant au makis. En traversant le chemin où étaient Gertrudès et sa mère, Henry s'arrêta pour
échanger quelques paroles avec elles.

« Rassurez-vous, leur dit-il, nous sommes tous en
sûreté ici ; nous n'avons à y redouter aucun danger
sérieux. »

Puis il s'élança sur les traces du gambusino.

Gertrudès admirait naïvement les moindres prouesses
de son ami. Elle trouvait qu'il avait fait preuve d'héroïsme
en restant le dernier dans la plaine, et la singulière conduite de Crusader lui avait paru toute naturelle. Elle
savait mieux que personne combien le jeune Anglais
aimait son cheval, et quels soins il lui prodiguait ; elle-
même avait pris en affection ce beau Crusader qui venait
si gracieusement manger du sucre dans sa main, et qui
caracolait aussi fièrement dans les llanos sauvages que

dans les rues d'Arispe, et elle aurait volontiers donné tout
ce qu'elle possédait pour l'empêcher de tomber dans les
mains des Peaux-Rouges.

Pedro et son compagnon arrivèrent en quelques minutes
à cet endroit du plateau qui devait leur servir d'observatoire. Ils purent voir aussitôt que les Indiens n'étaient plus
qu'à une très courte distance.

« Tirez vos deux coups de fusil, señorito, dit le gambusino, en ajustant le télescope à sa vue. Ayez soin de laisser
un intervalle après chaque coup, afin qu'il n'y ait pas
d'erreur possible. »

L'écho avait à peine cessé de répercuter la détonation
du fusil d'Henry, que Pedro s'écriait d'un ton significatif :

« Caramba ! je ne me trompais pas ! ce sont des
Apaches!... Et pis encore, des Coyoteros, les plus sangui-
naires, les plus redoutables de tous les Indiens ! Vite, muchacho, continua-t-il, sans quitter sa longue-vue, prenez
mes pistolets et tirez deux autres coups. »

Deux nouvelles détonations résonnèrent l'une après
l'autre.

Les sauvages s'arrêtèrent, levèrent les yeux vers les
tireurs et parurent se livrer à un conciliabule. On pouvait
distinguer leurs mouvements à l'œil nu; mais grâce à sa
lunette d'approche, Pedro découvrit un détail qui lui fit
pousser un cri de colère.

« Per todos demonios, esta El Cascabel! » s'écria-t-il.
(Par tous les diables, c'est le Serpent-à-Sonnettes.)

« El Cascabel ! répéta Henry, moins intrigué par ce nom

UN CRI DE COLÈRE.

bizarre que par l'air du gambusino. Le connaissez-vous, Pedro? »

Il regarda de nouveau.

« Oui, continua-t-il du même ton, c'est bien lui ! Je vois distinctement sur sa poitrine cette hideuse tête de mort qui lui a servi de modèle pour celle dont il m'a gratifié. C'est cette bande de Peaux-Rouges, commandée par El Cascabel, qui m'a traité comme je vous disais ce matin, don Henrique. Malheur à nous si nous tombions dans ses mains. Nous serions voués à une mort épouvantable ! El Cascabel nous assiégera sans se lasser, dût-il essayer de nous prendre par la famine.

— Mais si nous nous rendions tout de suite, dit ironiquement Henry, il serait peut-être plus clément.

— Clément, lui !... Gardez-vous d'une pareille idée ! vous n'y pensez pas sérieusement, señorito. Avez-vous donc oublié le massacre de Gil Perez?

— Nullement.

— Eh bien, ces Coyoteros traîtreusement tués, il faut bien l'avouer, par le capitaine Gil Perez, faisaient partie de la troupe même que nous avons devant nous. El Cascabel s'en souvient, allez; si cela ne dépend que de lui, nous payerons pour les coupables ! »

Ceci dit, le gambusino garda le silence. Il passa le télescope à Henry et demeura, pendant quelque temps, absorbé dans ses pensées, méditant les moyens possibles de se tirer d'une position si difficile, que beaucoup d'autres l'eussent considérée peut-être comme désespérée. Mais si la rage

était connue de Pedro Vicente; il ne connaissait pas le découragement.

Les Indiens conduits par El Cascabel reprenaient leur
marche au nord-est ; l'autre gros de sauvages tournait la
montagne au nord-ouest.

« Si mes évaluations ne me trompent pas, dit Henry
Tresillian, ces Apaches sont au nombre de cinq cents au
moins.

— C'est à peu près à ce nombre que je les estime, répondit le gambusino. Que faire contre un pareil
nombre ?

— Attendre la nuit, les surprendre et passer, dit Henry
avec tout le feu de la jeunesse.

— Ce serait folie de l'essayer, señor, dit Pedro Vicente;
d'abord parce que ces Indiens ne se laissent pas facilement
surprendre ; ensuite parce que, ayant à défendre des
femmes et des enfants, notre infériorité numérique serait
trop évidente pour nous permettre de tenter la bataille.

— Nous conseilleriez-vous donc la fuite ? dit Henry.

— Pourquoi non, si elle était possible, répondit le gambusino. On ne se déshonore pas en fuyant devant un ennemi si incontestablement supérieur. Malheureusement la
fuite nous est aussi impossible que la bataille.

— Impossible, et pourquoi ?

— Eh! señor, répliqua Pedro avec un mouvement d'hu-
meur, oubliez-vous donc que nous avons donné la liberté
à nos montures, et que l'on ne se sauve point à pied dans
le désert? Supposez même qu'il nous soit possible de les

rejoindre, ne savez-vous pas comme moi dans quel état nous les avons laissées ?

— Alors, dit Henry Tresillian, il ne nous reste donc qu'à nous défendre sur ce plateau?

— Vous l'avez dit, señor, et c'est ce qu'il faut que l'on sache là-bas au plus tôt.

— Eh bien, défendons-nous, puisque l'attaque nous est impossible. Encore est-il qu'il sera bon de montrer à ces maudits qu'ils ne viendront pas à bout de nous aussi aisément qu'ils le pensent. »

CHAPITRE VIII

L'INVESTISSEMENT DU CAMP

Sur le plateau, don Estevan n'était pas resté inactif. L'ancien militaire, habitué aux guerres de surprises, avait pris le commandement de la troupe sans contestation, et, dans les circonstances, son autorité reconnue ne pouvait qu'exercer la plus heureuse influence.

Après avoir assigné aux femmes et aux enfants la place la moins exposée, il avait, avec beaucoup de sang-froid, réglé le service de défense, fait charg · les armes, distribuer des munitions, et constituer une sorte d'arsenal où la poudre et les balles disponibles furent enfermées à l'abri de l'humidité et du gaspillage.

En chef attentif, don Estevan commença par reconnaître la position pour être à même de juger des points faibles

et de répartir les postes avec circonspection et prudence .

A son avis, le nombre relativement considérable des Indiens n'était pas immédiatement inquiétant, au point de
vue d'un assaut. Quatre-vingts hommes résolus et bien
armés, dans la position, par le fait inaccessible et facile à
défendre, que les mineurs occupaient, n'auraient rien eu
à redouter d'ennemis même plus nombreux que les Coyoteros, et la citadelle improvisée comptait, à peu près, ce
nombre de défenseurs.

Ces hommes, on pourrait dire ces aventuriers, pour la
plupart coutumiers du danger, sous toutes ses formes,
avaient d'eux-mêmes senti le besoin de se serrer les coudes,
et de s'en remettre de leur sort à la clairvoyance et à la
prudence d'un seul. Ils avaient comme l'intuition de la
nécessité de la discipline, en présence de ces ennemis subitement apparus, et qui semblaient d'autant plus dangereux
qu'ils avaient eux-mêmes adopté les armes et la tactique
des réguliers.

Aussi l'autorité de don Estevan avait-elle été acceptée
comme une indiscutable nécessité.

Les mineurs ayant complètement terminé la forte barricade de pierres qui devait leur servir à la fois de parapet
protecteur et de réserve de projectiles, semblaient n'avoir
plus qu'à attendre patiemment les signaux du gambusino,
mais la patience était difficile en pareil cas.

Les quelques secondes qui s'écoulèrent entre les deux
dernières détonations furent pleines d'angoisse. Les Indiens

étaient-ils décidément amis ou ennemis ? inoffensifs ou hostiles ? Il y eut un moment d'indécision. Hélas ! le bruit du troisième coup de feu se mourait à peine dans le lointain, quand une quatrième détonation vint mettre fin à toute incertitude. La question était tranchée.

« Malheureuse chance ! ce sont des Apaches, » dit Estevan à son associé.

Le danger était encore plus grand que ne le supposait don Estevan. Pedro devait le lui apprendre bientôt.

« Les Coyoteros ! » lui cria le gambusino, dès qu'il put se faire entendre. « La bande de El Cascabel ! » ajouta-t-il plus bas en s'approchant.

Mais les mauvaises nouvelles s'entendent toujours.

Les assistants se regardèrent avec stupeur. Ces paroles n'avaient pas besoin de commentaire.

En effet, point de merci à espérer des parents et des amis des victimes mêmes du capitaine Perez ! Qu'importait aux Coyoteros que les habitants d'Arispe et les mineurs eux-mêmes eussent tous profondément blâmé cet acte de barbarie de leurs compatriotes ? Depuis cet attentat, les Visages-Pâles, quels qu'ils fussent, étaient des ennemis jurés qu'il fallait exterminer sans pitié.

En dépit de sa fermeté, la figure de don Estevan s'assombrit.

« Alors, dit-il, vous êtes sûr, don Pedro, que nous allons nous trouver en présence de la bande de El Cascabel ?

— J'en suis sûr, répondit celui-ci. J'ai vu de trop près

ce bandit, pour ne pas le reconnaître entre mille, et le télescope de votre Seigneurie m'a permis de distinguer jusqu'à son *totem*, ce joli emblème qu'il porte sur la poitrine et dont il a orné la mienne. »

De même que les sacristains de certaines églises flamandes tirent les rideaux qui voilent un tableau précieux pour le faire admirer aux voyageurs, ainsi Pedro ouvrit sa chemise, et fit voir à tous ses compagnons l'œuvre d'art qu'il avait déjà montrée à Henry Tresillian.

Chacun avait ouï parler de ce signe caractéristique du chef des Coyoteros, et personne ne mit plus en doute l'approche de El Cascabel et des siens.

Cependant, quand les mineurs furent revenus d'un premier moment de trouble bien naturel, don Estevan leur fit envisager leur situation avec le calme qui ne l'abandonnait jamais. Le chef comprenait qu'il fallait, avant tout, proscrire toute panique et prémunir contre tout sentiment de ce genre des hommes qui s'en remettaient à son expérience. Aussi feignit-il une assurance parfaite, sans dissimuler, cependant, les difficultés et les longueurs possibles, probables même, d'un siège qui commençait.

A vrai dire, la citadelle naturelle qu'ils occupaient était si forte, qu'il était à croire et presque à craindre que El Cascabel, après s'être rendu compte de la situation des mineurs sur la montagne, ne tenterait même pas d'attaquer de vive force. Si, cependant, il s'en avisait, on le recevrait de la bonne façon.

Les mineurs étaient bien armés. Ils n'avaient point à

redouter la pénurie des munitions et des vivres, pourvu qu'on les ménageât et que l'on n'en usât qu'à bon escient; et l'eau de la source était là, pour dissiper toute crainte au sujet de la soif.

Sans se bercer d'illusions, il était à espérer que, malgré l'infériorité numérique, il pourrait se présenter une circonstance favorable qui permettrait aux assiégés de surprendre les sauvages, ou plutôt de leur échapper.

L'espérance est si fortement enracinée dans le cœur de l'homme, même aux heures les plus critiques, qu'au début de cet investissement la plupart des mineurs entrevoyaient déjà la délivrance. Chacun d'eux, sans se dissimuler les dangers de la situation, avait la résolution de les braver et l'espérance de les vaincre.

Pour observer la marche de leurs ennemis sans être vus, les défenseurs du ravin se dissimulèrent derrière leur parapet. Ils avaient sous les yeux une portion du llano, de la forme d'un triangle, leur vue étant circonscrite de chaque côté par les rochers perpendiculaires qui encadraient le ravin ; mais le camp p.esque entier était compris dans cet espace.

Il s'écoula encore près d'une heure avant l'arrivée des Indiens.

Les chevaux et les mulets abandonnés à eux-mêmes au pied de la Montagne Perdue ne faisaient pas mine de s'écarter. Ignorants de l'avenir qui les attendait, ils paissaient paisiblement dans la prairie ou se baignaient dans le ruisseau. Ils jouissaient, comme d'une bonne aubaine,

d'un repos qu'ils avaient bien mérité après plusieurs longs
jours de fatigue.

Un peu plus loin, un troupeau d'antilopes venues dans
l'intention de se désaltérer et de se baigner, mais effrayées
de voir des chariots à une place où il n'y avait rien la veille,
se tenaient immobiles, prêtes à battre en retraite au plus
léger bruit.

Les vautours n'avaient pas eu les mêmes scrupules, au
contraire; les grandes formes blanches des chariots exer-
çaient sur eux une sorte d'attraction, et ces oiseaux au
lugubre plumage s'étaient abattus en foule dans l'enceinte du corral. Les uns se disputaient les débris du bœuf
tué pour le déjeuner des mineurs; les autres rôdaient autour de la tente carrée qu'on n'avait pas emportée, se per-
chaient sur les caisses ouvertes, examinaient curieusement
les marchandises éparses, et semblaient les véritables
propriétaires du camp.

Tout à coup, un changement se produisit simultanément chez tous les animaux, ailés ou non, domestiques ou
sauvages. Les antilopes aspirèrent l'air, et s'enfuirent
comme une nuée de flèches lancées par des arbalètes invisibles. Les vautours prirent leur vol, mais au lieu de
s'éloigner, ils ne s'élevèrent qu'à une moyenne hauteur et
planèrent au-dessus du camp, en agitant leurs larges ailes
noires. Enfin les chevaux, les mulets et les bestiaux, pris
de folie subite, coururent çà et là en hennissant ou en
beuglant, chacun à sa façon, comme s'ils allaient recommencer l'estampeda de la veille.

« Qu'ont-ils donc? demanda Henry Tresillian.

— Ils sentent les Peaux-Rouges, lui répondit le gambusino. Nous n'allons pas tarder à apercevoir cette maudite engeance. »

En effet, un cavalier rouge, suivi de beaucoup d'autres, cette fois en « file indienne », débouchait d'un côté du triangle visible pour les défenseurs du parapet, et peu après une seconde colonne se déployait du côté opposé. Les deux troupes s'étendaient à près d'une lieue de la Montagne Perdue, comme si les Indiens eussent résolu de ne pas s'arrêter à la montagne elle-même. Mais les Mexicains savaient bien que ce n'était là qu'une manœuvre pour mieux investir leur camp.

« S'ils se doutaient de l'endroit où nous sommes, murmura Pedro, ils ne se donneraient pas tant de peine. Ils s'imaginent probablement que nous sommes en état de leur résister en plaine, et ils veulent nous envelopper dans les règles. »

Personne ne lui répondit. La scène qui s'apprêtait absorbait ses compagnons. De leur place, ils ne perdaient pas un mouvement de leurs ennemis.

Un immense cordon d'hommes à cheval se déroulait lentement autour de la Montagne Perdue. Leur proie ne pouvant plus leur échapper, les Coyoteros ne se pressaient point. Leurs armes et leurs boucliers scintillaient au soleil comme des écailles brillantes. On eût dit deux énormes serpents antédiluviens allant à la rencontre l'un de l'autre!

11

L'arrière-garde était encore invisible, quand les deux
têtes de colonne se rejoignirent vers le milieu du demi-
cercle qu'elles décrivaient.

Combien y avait-il d'Indiens en tout? Les mineurs ne
le savaient pas au juste, mais ils en voyaient assez pour
s'estimer heureux d'avoir pu, en suivant les conseils du
gambusino, éviter une lutte par trop inégale.

Les Coyoteros firent volte-face avec autant de précision et
d'ensemble que des soldats exécutant une manœuvre devant leur général, après quoi ils s'arrêtèrent, et cinq ou
six Indiens, placés en dehors de l'alignement, se mirent à
causer et à gesticuler.

Don Estevan ne comprit rien à leur attitude; il
tendit son télescope à Pedro, qui était mieux à même
de saisir la signification des faits et gestes des Peaux-
Rouges.

« El Cascabel se consulto avec ses lieutenants, dit le
gambusino. Nos chariots doivent les intriguer... Sans
doute, ils s'imaginent avoir affaire à des soldats, et ils
sont trop prudents pour tenter une attaque à la légère! »

Le gambusino avait bien deviné, si parler presque à
coup sûr peut s'appeler deviner. La vue inattendue des
chariots était la cause du déploiement des troupes indiennes ainsi que de leur arrêt subit.

Ces maîtres du désert, ces seigneurs du llano, ne tra-
versent pas toujours leurs domaines sans difficulté et sans
dangers, et l'astuce de leur race est devenue proverbiale.
Ils agissent toujours avec la plus grande circonspection.

Ces chariots, dont la présence les étonnait si fort, pouvaient appartenir à des voyageurs ordinaires, des mineurs, des commerçants ou des émigrants, mais peut-être aussi à des militaires, et dans le doute il valait mieux se tenir sur ses gardes.

El Cascabel fit faire halte à sa bande et convoqua ses sous-chefs pour s'entendre avec eux sur la meilleure manière d'attaquer les Visages-Pâles. Chez les Indiens, le Grand Chef n'a pas une autorité absolue. Il doit, même en campagne, soumettre ses projets à ses lieutenants et attendre, pour agir, d'avoir leur assentiment.

Les Coyoteros résolurent facilement la question, en ce qui concernait la présence de soldats mexicains. Ils se prononcèrent·sans hésitation pour la négative : aucune sentinelle ne veillait autour du corral; aucun uniforme n'apparaissait nulle part. Des militaires eussent fait meilleure garde. De fait, les alentours semblaient déserts, et les chevaux, les mulets et les bestiaux erraient à l'aventure, comme des animaux abandonnés.

Cette dernière circonstance eût pu paraître extraordinaire à d'autres qu'à des Coyoteros, qui savaient parfaitement que leur approche épouvante les animaux des Blancs, au point de leur faire rompre parfois tous leurs liens. Pourquoi se seraient-ils inquiétés d'un fait si connu? Ils n'en furent que plus convaincus qu'ils ne se trompaient pas, en croyant le camp occupé par de simples particuliers, car, dans le cas contraire, les bêtes eussent été plus disciplinées, et les soldats déjà sous les armes.

L'investissement étant complet, il s'agissait d'assaillir l'ennemi.

A un signal donné, les Peaux-Rouges reprirent leur marche. Leurs rangs s'épaississaient à mesure qu'ils rétrécissaient leur cercle, mais ils n'allaient pas plus vite qu'auparavant, afin d'enclore tous les animaux dans leurs lignes. Autrement, ils eussent risqué de les laisser s'échapper, et c'était une trop belle proie pour en courir la chance.

Quant à essayer de surprendre le camp en plein jour, il n'y fallait pas compter. Les Visages-Pâles avaient dû les voir depuis longtemps et les attendaient évidemment de pied ferme. On n'en apercevait pas vestige, mais quoi d'étonnant à cela? Ils se dissimulaient derrière les chariots, et les allées et venues continuelles des animaux empêchaient de les distinguer !

Cette attitude des Blancs dénotait l'intention de se défendre. Raison de plus pour n'avancer que très prudemment. Peut-être même vaudrait-il mieux abandonner l'idée d'une attaque immédiate ! Dans l'obscurité, dans le silence de la nuit, il serait plus facile de vaincre ces ennemis dont on ignorait la force.

Les Indiens avancèrent encore un peu, tout en ayant soin de se tenir hors de la portée des fusils ; mais, à leur grand étonnement, ils eurent beau regarder partout, entre les chariots, sous les roues, dans les interstices des selles et des ballots que les mineurs avaient entassés pour fortifier leur corral, ils n'aperçurent rien qui ressemblât à un homme. C'était inconcevable. Avaient ils donc affaire à des ennemis invisibles ?

Dans leur stupéfaction, ils n'étaient pas loin de croire que ce mystère touchait à la sorcellerie.

Le Nauchampa-Tepetl figurait dans plus d'une légende indienne. Trouver au pied d'une montagne hantée par des puissances surnaturelles un camp pourvu de toutes sortes de choses qui ne pouvaient appartenir qu'à des Blancs, depuis les chariots et la grande tente carrée jusqu'aux animaux qui annoncent la présence des hommes, et ne voir dans ce camp absolument personne, ni hommes, ni femmes, ni enfants, c'était un fait extraordinaire, inquiétant même. Jamais les Indiens n'avaient vu chose pareille.

Un moment, ils semblèrent prêts à battre en retraite devant ce silence. Mais leur chef ne partagea pas longtemps leur frayeur. Il n'était pas superstitieux, lui, et, après réflexion, il se dit que si l'on ne voyait pas les Blancs, c'est qu'ils s'étaient cachés dans quelque embuscade dont il fallait se défier.

El Cascabel rallia ses guerriers, leur adressa quelques mots d'encouragement et leur ordonna de faire encore quelques pas et de tirer sur le camp. Ils obéirent. Ils visaient si adroitement que les balles de leurs mousquets, pesant à peine une once, faisaient des marques visibles dans les chariots et surtout dans la tente, qu'ils croyaient être le refuge principal des Visages-Pâles, mais rien ne bougea dans le corral. Pas un coup de fusil! Pas un cri! Pas un gémissement! Pas le moindre bruit ne leur répondit.

Leur fusillade produisait autant d'effet que s'ils l'eussent adressée à la façade de la montagne, qui répercutait longuement chaque détonation comme pour les railler.

CHAPITRE IX

CHASSE A COURRE

Les Coyoteros se fussent crus mystifiés, si la pensée ne leur fût enfin venue que les Visages-Pâles, prévenus, on ne sait comment, de leur arrivée, avaient pris le parti de se réfugier sur le Nauchampa-Topetl. Quelques Indiens, connaissant la topographie des lieux, s'écrièrent qu'il n'y avait rien d'impossible à ce que les Blancs fussent parvenus à gagner le sommet de la montagne. On ne pouvait s'expliquer autrement cette complète disparition.

Après avoir trouvé la solution du problème qui les préoccupait, les Coyoteros tournèrent leurs regards vers le plateau. Mais cela ne leur apprit rien. Ils n'y virent personne. Don Estevan avait recommandé aux mineurs de ne pas se montrer. El Cascabel, trop fin pour se laisser prendre à ce piège, ne s'en tint que mieux sur ses gardes. A quoi bon livrer une bataille? Les Blancs, enfermés là-haut, ne lui échapperaient pas.

Toutefois, le chef des Peaux-Rouges était en proie à la plus violente colère contre lui-même, contre sa lenteur, contre ses précautions inutiles et surtout contre ceux qui, en lui échappant, avaient déjoué ses desseins. Il se promit de leur faire payer cher ce premier désappointement. Cela lui coûterait un siège, un retard dans son expédition sur les bords de l'Horcasitas, peut-être même l'abandon de ce dernier projet ; mais le pillage du camp lui offrirait d'amples compensations. Des voyageurs possédant six énormes chariots, une *litera*, une grande tente et tant de chevaux, de mules et de bestiaux, devaient avoir avec eux quantité d'objets précieux !...

Cependant, au lieu de donner l'ordre de s'emparer de suite du butin, El Cascabel continua d'agir avec plus de prudence que jamais. Il n'avait plus rien à perdre en traînant les choses en longueur, et trop de précipitation pouvait lui nuire pour la prise des animaux. Ceux-ci, blottis dans une sorte de baie, entre deux rochers, et prêts à détaler à la moindre alerte, hennissaient et beuglaient à qui mieux mieux.

« Ne gardez que vos *reatas*, » cria El Cascabel à ses guerriers.

Les Coyoteros obéirent à ce commandement. Ceux qui tenaient des lances les piquèrent dans le sol, ceux qui portaient des fusils les déposèrent sur le gazon, et ils se débarrassèrent, eux et leurs chevaux, de tout ce qui les gênait. Quand ils se remirent en selle, ils n'avaient plus qu'une corde enroulée autour de leur bras gauche pour leur servir de lasso. Dans la crainte d'une surprise, la moitié des Indiens demeuraient en sentinelle auprès des armes momentanément abandonnées.

Les autres resserrèrent leurs lignes, mais dans l'excès de leur frayeur les animaux des mineurs se précipitèrent tous à la fois vers le même point. C'était une débandade complète, une seconde estampeda, et l'écho répéta, comme un roulement de tonnerre, le bruit de ces centaines de sabots. Les montures des Peaux-Rouges prirent peur à leur tour et se cabrèrent ; grâce à cette circonstance favorable, un certain nombre de bêtes poursuivies, Crusader en tête, passa comme un ouragan devant les Indiens et s'enfuit affolé dans le llano.

Les Coyoteros avaient distingué déjà ce magnifique cheval dont la robe d'ébène ressortait au milieu des autres. Ils lui jetèrent au passage plusieurs lassos, mais les lanières, trop précipitamment dirigées, glissèrent sur les flancs luisants de Crusader qui, voyant le champ libre, s'élança dans la prairie, en hennissant, comme pour célébrer son triomphe. Des cris de désappointement accueillirent sa fuite.

Néanmoins, les manœuvres des Indiens n'avaient avorté qu'en partie. Ils finirent par maîtriser leurs mustangs et prirent sans peine les animaux enserrés dans leurs rangs. Ceci fait, ils poursuivirent les autres, et comme ils avaient

12

affaire à des bêtes encore fatiguées, il ne fut pas long pour
eux de les atteindre.

Bientôt tous les chevaux furent rejoints et ramenés au
camp prisonniers, à l'exception d'un seul : Crusader.
Les sauvages lui donnèrent longtemps la chasse, mais le
cheval de Henry, la tête haute, la crinière et la queue au
vent, volait plutôt qu'il ne galopait. Chacun de ses bonds
augmentait la distance qui le séparait de ses ennemis, et
son maître, qui ne le perdait pas de vue, commença à
espérer qu'il échapperait aux Peaux-Rouges.

La partie n'était pourtant pas encore gagnée pour le
noble animal : les Coyoteros tenaient à ne pas laisser
échapper ce beau cheval arabe qui leur donnait des
preuves si évidentes de sa valeur. Ils poussèrent leurs
mustangs par tous les moyens possibles, les excitant à
coups de pied ou de lasso; ce fut en vain : Crusader ne
pouvait pas être distancé, et il ne fut bientôt plus visible
que comme un point noir dans le lointain.

Les sauvages se lassèrent l'un après l'autre de cette
poursuite stérile; El Cascabel l'abandonna le dernier, mais
il finit, lui aussi, par tourner bride d'un air de dépit.

Henry Tresillian, aussi heureux que fier de ce résultat
inespéré, poussa un hourra d'allégresse.

« Que je suis donc content! dit-il à Pedro. Voilà Crusader hors d'atteinte. Je n'en demande pas davantage, quoi
qu'il advienne! Il était assez superbe dans cette chasse
enragée, mon beau Crusader! A lui seul il a plus d'esprit
que tous ceux qui le poursuivaient!

CRUSADER NE POUVAIT PAS ÊTRE DISTANCÉ.

— C'est incroyable, répondit le gambusino, qui partageait l'admiration du jeune Anglais. Je n'ai de ma vie rien
vu de semblable... Quel cheval, *santissima!* Ce n'est pas
un cheval, c'est un oiseau, c'est un démon!... »

. . . .

Les Indiens, tenant en laisse les animaux captifs,
reprirent possession de leurs armes pour envahir le camp!
Quel désappointement! Il était vide de ses biens comme
de ses habitants, saccagé, ravagé, pillé, vidé de fond en
comble! Des caisses entr'ouvertes, des ballots défaits, des
creux dans les chariots leur prouvèrent qu'on avait
emporté tout ce qu'il y avait de précieux. Il ne restait
plus que ce qui ne pouvait être pour eux que des objets
de rebut, car ils ne se souciaient pas de ceux des engins
ou des machines de mineurs qu'il avait fallu leur laisser.

Ils regrettèrent plus que jamais leurs délais inoppor-
tuns, et jurèrent de se venger de leurs déboires. Leur vengeance menaçait de tarder un certain temps, car la manière
dont les Blancs avaient effectué leur retraite, annonçait
qu'ils l'avaient faite après mûre délibération et qu'ils se
proposaient de tenir bon dans leur forteresse inexpu-
gnable. Mais les trésors accumulés là-haut n'en sortiraient
pas, et tôt ou tard ils tomberaient aux mains des assiégeants.

Ce fut avec cette persuasion consolante que les Peaux-
Rouges s'établirent dans le camp. Ils attachèrent les chevaux qu'ils avaient pris, avec les leurs; ils ranimèrent les
feux qui couvaient encore, et s'installèrent, en un mot,

comme des gens décidés à ne pas lever le siège de sitôt.

Ce jour-là, ils eurent du bœuf pour leur souper. C'était un régal qu'ils n'avaient pas souvent l'occasion de s'offrir. Les subsistances sont rares au pays des Apaches, et les famines fréquentes; aussi, devant un pareil festin, ils s'en donnèrent à cœur joie. A voir leur gloutonnerie, on eût dit qu'ils voulaient compenser les jeûnes passés et futurs.

En fouillant dans les chariots, ils découvrirent un petit tonnelet de *chingarita*, sorte d'alcool fabriqué avec ce même mezcal dont ils sont si friands. Les Indiens ignorent l'art de la distillation, mais ils aiment tant le chingarita, qu'ils furent grandement surpris de voir que les Visages-Pâles leur en avaient laissé.

Le tonneau d'alcool fut roulé au milieu du corral, et mis en perce, et toute la soirée il fut entouré de buveurs qui exécutaient des danses sauvages, et vidaient continuellement leurs calebasses, en poussant de tels cris, et en faisant de telles contorsions, que le camp, habité le matin par des êtres humains, semblait maintenant occupé par une horde de fous endiablés. C'était une véritable fantasmagorie. Dans l'obscurité, la ressemblance devint encore plus frappante : ces fantômes cuivrés, sautant à la lueur des branches résineuses du *mezquité* et du pin-pignon, ressemblaient à des échappés de l'enfer.

CHAPITRE X

Il était minuit. Un gros nuage précurseur d'orage, venant des côtes de la Californie, cachait la lune sous ses voiles sombres. Il faisait nuit noire sur la montagne et dans la plaine.

Les sauvages reposaient, ou du moins ils avaient terminé leur bruyante orgie, car on n'entendait plus leurs voix discordantes. Le silence régnait partout, brisé seulement de temps à autre par le bruissement d'un oiseau traversant l'espace, l'ébrouement ou les coups de pied impatients des chevaux des mineurs, inquiets de leur nouveau voisinage, le cri, moitié hurlement, moitié aboiement, des coyotes rôdant à la recherche d'une proie, et le sifflement des oiseaux de nuit, effleurant la surface du lac, en quête de quelque bonne aubaine.

Cependant, tout le monde ne dormait pas chez les Peaux-Rouges ni chez les Blancs.

Dix mineurs veillaient auprès de leur parapet ; et une ligne de sentinelles rouges gardait l'espace au fond duquel était l'entrée du ravin. Près d'eux, mais plus près de la montagne, deux hommes marchaient en causant. L'un était El Cascabel, l'autre son premier lieutenant, El Zopilote, tous deux très occupés à reconnaître le terrain, pour s'assurer que les assiégés ne pouvaient opérer une descente dans l'obscurité et venir les surprendre.

El Cascabel ayant longuement réfléchi, n'était pas sans inquiétude. Non qu'il eût aucun regret de s'être engagé dans cette entreprise: le butin qu'il comptait trouver sur le Nauchampa-Tepetl valait bien la peine d'en faire le siège. L'examen du corral lui avait donné à penser que la caravane devait se composer d'une centaine d'hommes environ, avec leurs femmes et leurs enfants, parmi lesquels de grands personnages, comme le prouvait la litera. Quelles richesses incalculables il devait y avoir là-haut! et quelles représailles ! La mort pour les hommes, la captivité pour les femmes. C'était de quoi satisfaire El Cascabel !

Mais justement les réflexions du Coyotero lui montraient la réussite beaucoup moins certaine qu'il ne l'avait cru tout d'abord. N'était-il pas présumable que les mineurs avaient eu la précaution d'envoyer des courriers dans leur pays, prévenir qu'ils étaient en danger d'être attaqués, et n'avaient d'autre parti à prendre, en attendant les secours, que de soutenir un siège sur la Montagne Perdue. D'après tous leurs préparatifs, ils avaient dû apercevoir les Indiens de très loin ; ils avaient eu le temps de penser à tout, et dans ce cas des renforts mexicains pouvaient arriver à la rescousse bien avant que les Peaux-Rouges eussent eu raison des Blancs. Si, par impossible, les Blancs n'avaient pas eu ce soin, le siège durerait longtemps, cela ne faisait pas l'ombre d'un doute pour El Cascabel.

A en juger par le peu de provisions qui restait au camp, les mineurs devaient avoir monté sur le plateau des vivres en abondance, sans compter que le voisinage de la source les assurait de ne pas manquer d'eau, et que le gibier qui était sur la montagne les aiderait encore à tenir bon. Toute la question était de savoir s'ils avaient envoyé un courrier.

Nous savons de reste que, par un oubli inconcevable, et tout à l'émoi de la surprise, don Estevan, le gambusino, aucun des chefs de la caravane n'y avait songé. Mais Cascabel l'ignorait.

Tandis que les deux sauvages discutaient ainsi, les mineurs qui montaient la garde au-dessus de leurs têtes, se relayaient. Don Estevan ayant appris par expérience que les Peaux-Rouges n'attaquent jamais leurs ennemis avant la moitié de la nuit, avait réservé ses meilleurs hommes pour ce moment-là. Ceux qui arrivèrent à minuit étaient sous les ordres de Pedro Vicente et de son fidèle Achate, Henry Tresillian.

Il y avait peu de chances pour que les Indiens vinssent les assaillir dès les premières nuits, et suivant le gambu-

sino qui ne soupçonnait pas que El Cascabel leur avait
prêté l'idée qu'ils auraient dû avoir de détacher des courriers sur Arispe, il n'y en avait pas beaucoup plus pour
les nuits suivantes.

« Pourquoi faire? disait Pedro, ce n'est pas leur intérêt.
Dans leur idée, ils nous tiennent comme dans une souricière, et ils ne sont pas gens à se jeter dans la mer pour
prendre leur poisson, quand ils savent qu'il ne pourra pas
éviter leurs filets. »

Pedro avait fait pendant plusieurs mois le métier de
plongeur. C'est sans doute un souvenir de ce temps qui lui
fournissait cette comparaison maritime.

« Ah! continua-t-il en mettant la main sur une des
grosses pierres accumulées devant lui, je voudrais bien les
voir monter à l'assaut, le Serpent-à-Sonnettes en avant !
Cela me donnerait une belle occasion de prendre ma revanche. Malheureusement, il ne le fera pas. *Malraya!* Il
n'est guère probable maintenant que je le tienne en mon
pouvoir!...

— Voyons donc ce qu'ils font à présent! interrompit
Henry.

— Regardons, mais ne nous montrons pas. Si la lune se
levait, ils tireraient sur nous, et nous ne sommes pas assez
sûrs que leurs mousquets ne nous atteindraient pas pour
nous y exposer sans utilité. »

Les trois hommes se couchèrent à plat ventre et avancèrent seulement leur tête au bord du rocher. On ne distin-
guait rien, pas le moindre objet ni dans la plaine ni sur

le lac, tant les ténèbres étaient épaisses. Pas un son, pas un mouvement dans le corral, quoique bien certainement les sauvages veillassent sur leur butin.

Le gambusino tira de sa poche un étui à cigarettes, en prit une et l'alluma. Ses compagnons en firent autant, avec cette seule différence que le cigare du jeune Anglais venait en droite ligne de la Havane.

Peu d'instants après, Pedro, levant par hasard les yeux, aperçut quelque chose qui lui fit jeter sa cigarette en disant à demi-voix :

« La lune ! »

Ce n'était encore qu'un mince point blond dans le ciel noir, mais l'astre n'allait pas tarder à se lever.

Tout à coup, la lune sortit des nuages et brilla de tout son éclat. Ce fut instantané, et aussitôt, comme dans un décor de théâtre, tout changea d'aspect, et le llano devint visible à perte de vue. Le camp, le lac, les sentinelles, et jusqu'au moindre objet, apparurent clairement aux mineurs.

Pedro, lui, ne fut frappé que d'une seule chose : deux hommes se glissaient du côté de l'entrée du ravin, au-dessous de lui. Une tête de mort bien reconnaissable ressortait, dans sa blancheur, sur le fond de bronze de la poitrine d'un de ces sauvages.

« Quelle chance ! El Cascabel ! » murmura le gambusino emporté par la joie.

Et, sans plus de réflexion, il épaula vivement sa carabine, ajusta le chef des Coyoteros, d'une main qui ne tremblait pas, malgré l'émotion du tireur, et lâcha la détente.

13

Un éclair et une détonation partirent du haut de la montagne ; un cri de douleur et de rage prouva que Pedro avait atteint son but. Il ne s'était pas trompé sur la portée exceptionnelle de sa carabine.

Les assiégés purent voir encore El Cascabel faire un bond en arrière, puis tomber tout d'un bloc dans les bras de son compagnon interdit, mais ce fut tout. La lune disparut sous un nouveau nuage, aussi soudainement qu'elle s'était montrée, et l'obscurité redevint complète.

Don Estevan et ses hommes, réveillés en sursaut par le coup de feu du gambusino, accoururent en toute hâte. Ils craignaient déjà une surprise.

« Croyez vous sérieusement que El Cascabel soit mort ? demanda don Estevan quand il fut au courant de la situation.

— C'est au moins fort probable, répondit Pedro avec calme.

— Il est certain que nous l'avons vu tomber, ajouta Henry Tresillian. Il a dû être tué net.

— Si sa vilaine vie n'est pas terminée, continua Pedro, c'est qu'on peut vivre avec une balle dans la poitrine, car je me trompe bien, ou je l'ai frappé au beau milieu de cette hideuse tête de mort dont la blancheur faisait un admirable point de mire pour mes yeux. A vrai dire, je n'espérais guère prendre une si belle ni surtout une si prompte revanche.

— Il n'est pas douteux, selon vous, que ce soit bien El Cascabel qui ait reçu votre coup de feu ? lui dit don Estevan.

PEDRO AVAIT ATTEINT SON BUT.

— Si ce n'eût pas été lui, dit le gambusino, je n'aurais pas tiré. Mon coup était assez hasardé, vu la distance, mais j'ai eu confiance dans ma carabine.

— Il est évident que vous l'avez atteint, reprit don Este-van; Henry et vous ne pouvez vous être trompés tous les deux. Mais qui sait cependant si vous l'avez tué? Il peut n'être que blessé grièvement.

— Votre Seigneurie veut-elle parier avec moi? demanda Pedro. Je suis prêt à mettre cent pour un qu'à l'heure pré-sente le Serpent à Sonnettes a fait son dernier pas, ou plutôt, ce qui convient mieux à un saltimbanque comme lui, sa dernière pirouette! »

Avant même que ses compagnons eussent eu le temps de lui répondre, le gambusino ajouta précipitamment :

« Ne pariez pas, Votre Seigneurie, il est trop tard. Pedro Vicente n'est pas homme à parier à coup sûr. Les entendez-vous?

Des cris de fureur, des clameurs funèbres s'élevaient dans la direction du camp. Évidemment les Peaux-Rouges pleuraient la mort de leur chef. Leur chant passait de plaintes inarticulées, de gémissements lamentables à de véritables hurlements. On eût dit que les coyotes faisaient leur partie dans ce sauvage concert. Par moments, des notes plus aiguës, des éclats de voix féroces interrompaient les pleurs. C'était le cri de guerre des Apaches, jurant de prendre œil pour œil, dent pour dent, au meurtrier de El Cascabel.

Ce vacarme infernal, répété et doublé par les échos,

dura sans discontinuer pendant plus d'une heure. Il fut
remplacé brusquement par un silence d'assez mauvais
augure.

Les mineurs se demandèrent si, ne prenant conseil
que de leur rage aveugle, les Indiens n'allaient pas, coûte
que coûte, tenter un assaut. La nuit, plus sombre que jamais, pouvait paraître propice à leurs desseins.

Don Estevan, résumant sa pensée, prit à part son associé, son fils et don Pedro.

« Que El Cascabel soit mort ou seulement blessé, c'est-
à-dire hors d'état de commander ses hommes, le coup de
feu de Pedro, qui aurait pu être une imprudence, est un
coup de maître. Il nous donne des chances inespérées de
salut. Un chef comme celui-là ne se remplace pas instantanément; quoi que puissent faire nos ennemis, c'est une
force de moins contre nous; l'ordre et la confiance vont
leur manquer; la rage ne peut pas suppléer à l'expérience,
mais elle peut conseiller des attaques désordonnées; plus
que jamais il faut donc veiller. — Henry, faites tripler
les postes qui gardent le parapet, et recommandez à tous
d'être partout sur le qui-vive. »

Après un événement d'aussi grande importance, tous
les Blancs étaient debout; ils allaient et venaient du
bivouac établi auprès de la source, au poste auprès du
ravin, et discutaient à voix basse les probabilités d'une attaque. Ils écoutaient de toutes leurs oreilles, et bien qu'ils
n'entendissent rien de suspect, cela ne les tranquillisait
point. Ils savaient trop que l'Indien peut courir, marcher,

grimper, sans faire plus de bruit qu'un chat, et que ceux-ci étaient de force à se faufiler comme les reptiles entre les mezquites, les cactus et les pierres du ravin. L'ennemi pouvait donc, à tout bien examiner, apparaître à l'improviste sur le plateau. Il fallait, par conséquent, être prêt à le bien recevoir; et quoique Pedro affirmât qu'il n'y avait rien à craindre, que le plateau était inabordable excepté par le ravin si bien gardé, les Blancs jugèrent bon de se mettre en mesure de repousser toute tentative.

Ils jetèrent un fragment de roc par-dessus le parapet. L'énorme bloc roula le long du ravin de la montagne en entraînant avec lui mille autres pierres, il broya tout sur son passage, mais ne rencontra aucun être vivant, et l'écho ne rapporta du fond du ravin que le bruit sonore de sa chute.

Sur l'ordre d'Estevan, les artilleurs lancèrent bientôt un autre boulet de pierre, puis successivement un troisième et un quatrième, et d'autres encore, à des intervalles assez rapprochés pour s'assurer que le seul chemin par lequel on pouvait arriver au plateau était toujours libre.

Aucun être n'eût pu affronter ces avalanches dans l'étroit et unique passage du ravin. Ces précautions prises, don Estevan renvoya une partie de ses hommes au bivouac, pour ne pas les fatiguer en vain, et lui-même se retira dans sa tente après avoir rassuré les femmes et les avoir mises au courant de la situation. Les factions se succédèrent ainsi jusqu'au matin.

Quand les premières lueurs du crépuscule permirent

de distinguer quelque chose, les blancs ne virent au fond
du ravin que des amas de roches mélangées de nombreux
débris. Cette canonnade d'un nouveau genre avait évidemment suffi à tenir l'ennemi en respect toute la nuit.

Plus loin, dans la plaine, les sentinelles des Coyoteros
veillaient toujours, semblables à des statues de bronze,
mais il n'y avait personne dans le corral. El Cascabel
était bien mort. Ses guerriers l'avaient porté dans la tente
des Figures-Pâles. L'entrée en était tenue toute grande
ouverte ; le corps du Serpent-à-Sonnettes, la face tournée
vers le soleil levant, était exposée sur une grande couverture. Une petite place de la largeur d'une balle, un cercle
rouge plus foncé au centre qu'aux bords, visible à l'aide
du télescope, montrait que le gambusino l'avait atteint en
plein cœur.

. . . .

Quand le soleil parut à l'horizon, les Coyoteros reprirent leur chant de mort avec plus de suite et plus de
méthode que pendant la nuit.

Ils s'assemblèrent au camp, sous la direction de
l'*homme-médecin*, leur maître de cérémonies, se prirent par
la main et exécutèrent, autour de la tente où El Cascabel
dormait de son dernier sommeil, une sorte de danse mys-
tique, à pas lents et mesurés, qu'ils accompagnaient de
cris et d'incantations. Ils appelaient cela la *danse des
morts*.

Quand le dernier acte de cette interminable cérémonie
fut accompli, ils se tournèrent tous vers le sommet de la

montagne, et, brandissant leurs armes, ils en menacèrent leurs invisibles ennemis; leurs imprécations s'entendaient distinctement sur le plateau.

Si vaines que fussent ces démonstrations, elles produisirent une impression profonde sur ceux à qui elles s'adressaient, car elles leur prouvaient que, s'ils quittaient leur montagne, ils étaient infailliblement perdus.

CHAPITRE XI

CRUSADER N'EST PAS PERDU

Dans les déserts du grand pays des Apaches, il y a Coyoteros et Coyoteros.. Les uns sont des êtres infimes, des créatures abjectes que l'on peut classer parmi les plus basses de l'espèce humaine; les autres, des hommes de fière mine et de haute stature, pleins de courage et de force, de vaillants guerriers indiens. La bande de El Cascabel se composait de ces derniers; ses fréquentes incursions portaient la terreur chez les tribus civilisées et chez les Mexicains établis dans leurs parages, et ceux-là n'étaient pas hommes à reculer devant la longueur d'un siège pour assouvir leur vengeance.

Si les mineurs avaient pu croire, avant la danse funèbre, que la mort de El Cascabel changerait quelque

chose aux intentions de leurs ennemis, l'attitude menaçante des Peaux-Rouges, pendant cette cérémonie infer-
nale, dissipa tous leurs doutes à cet égard. Le siège allait
continuer avec plus d'opiniâtreté que jamais, et les mineurs
en eurent le jour même une preuve certaine.

Quand les Coyoteros eurent accompli leurs rites funé-
raires, ils réunirent tous les mulets et tous les chevaux, à
l'exception de leurs mustangs, les chargèrent du butin
trouvé au camp, quelque minime qu'il fût, et les attachèrent les uns aux autres de manière à en faire un troupeau facile à mener. Une troupe d'Indiens à cheval et
armés s'éloigna dans la direction de leur pays, en poussant devant eux cette énorme masse vivante. Les assiégeants ne conservèrent, des animaux qu'ils avaient pris,
que les bêtes à cornes. Évidemment, ils craignaient d'a-
voir trop de bouches à nourrir, les pâturages qui entouraient le lac étant trop peu étendus pour suffire à tant de
gros mangeurs, et n'étaient pas fâchés d'ailleurs de
mettre en sûreté toute la partie de leur butin dont ils
pouvaient se passer.

Aussitôt que don Estevan se crut certain de n'avoir pas
à redouter d'attaque des Peaux-Rouges, il procéda à l'or-
ganisation du bivouac.

S'il s'agissait de soutenir un long siège, il fallait y
pourvoir, et se mettre en mesure de lasser les assiégeants,
si on ne pouvait avoir raison d'eux par la force.

Une dizaine d'hommes bien choisis suffisaient pour
veiller aux « remparts ». Les autres, divisés en escouades,

se mirent à l'œuvre avec ardeur. Il fallait se hâter, car le gros nuage qui voilait la lune la nuit précédente, s'était avancé et restait stationnaire au-dessus de la montagne. Des vapeurs d'un gris de fer se massaient à l'horizon, et la température accablante présageait un orage prochain.

La clairière de l'*Ojo de Agua* offrit bientôt un aspect des plus pittoresques. Autour des tentes dressées de la veille, s'éleva comme par enchantement une série de huttes et de baraques. Les mineurs trouvèrent sur la montagne tous les matériaux nécessaires à leurs constructions, depuis des poteaux, que les grands arbres leur fournissaient en nombre suffisant pour bâtir un village entier, jusqu'au chaume pour les couvrir, représenté par des herbes qui abondaient dans les makis.

Chacun travaillait dans la mesure de ses forces, et tandis que les mineurs, devenus maçons et charpentiers, abattaient des arbres, les équarrissaient pour en faire les charpentes de leurs maisons et enfonçaient des pieux en terre, les femmes confectionnaient, avec des branches flexibles, des claies pour les murailles, et les enfants recueillaient les longues herbes qui devaient couvrir le toit de ces habitations primitives.

L'orage éclata le lendemain seulement vers le soir. Comme pour compenser la longue absence de pluie, ce fut un déluge, une véritable inondation. Le firmament n'était plus qu'un amoncellement de nuées noires et houleuses, sillonnées à chaque instant par de larges, par d'immenses éclairs. Le tonnerre grondait sans interruption,

tantôt sourdement dans le lointain, tantôt avec un bruit
formidable, comme s'il allait écraser la montagne. A la
lueur éblouissante des éclairs, le lac semblait une nappe
d'or fondu, et les larges gouttes de pluie rejaillissaient bien
haut, sur sa surface, en une buée dorée.

Le ruisseau de la plaine fut changé presque instantanément en torrent furieux, brisant tous les obstacles,
balayant tout sur son passage et courant tumultueuse-
ment à travers la prairie. Le filet d'eau du ravin devint
une succession de cataractes écumeuses.

Avec cela, pas un souffle de vent. C'était heureux pour
les mineurs qui eussent vraiment été en danger sur leur
plateau, s'ils avaient été assaillis avant de s'y être établis
solidement, par un de ces ouragans effroyables, un de ces
terribles cyclones si fréquents dans les régions tropicales.

Les Coyoteros, avons-nous dit, avaient renvoyé sous
bonne escorte, dans leur pays, tous les animaux de la
caravane. L'approche de l'orage les avait déterminés à
garder les chariots. Ils connaissaient l'usage qu'en faisaient les Visages-Pâles, et se proposaient de les utiliser
comme ils l'eussent fait par le mauvais temps qui pourrait durer plusieurs jours. Ils n'étaient pas sans inquiétude
sur le sort que l'ouragan pouvait faire à leur butin. C'é-
tait là le plus clair de leur bénéfice, et si là pluie l'endom-
mageait, leur entreprise ne leur rapporterait peut-être pas
l'équivalent de ce qu'elle leur coûterait. Mais ils avaient
eu des raisons particulières pour hâter le départ du convoi formé la veille.

Lorsque la tempête se déchaîna sur le llano, les Peaux-Rouges se réfugièrent sous les grandes bâches de toile des chariots; ils s'y entassèrent autant que possible, se serrèrent les uns contre les autres et remplirent la tente jusqu'à l'entrée sans parvenir à se mettre tous à couvert. Ils étaient si nombreux que beaucoup furent obligés de se cacher sous les rochers surplombant la plaine.

Quant aux mineurs, ils étaient tous à l'abri. Des gens habitués comme eux à toute sorte de travaux, n'avaient pas été longs à installer de confortables bivouacs. Les premières gouttes d'eau les trouvèrent dans leur nouveau domicile. Ils avaient commencé par construire des hangars pour y ranger leurs biens et leurs provisions, non moins utiles pour eux que leurs munitions de guerre.

L'une des deux tentes était éclairée, il y avait là grande réunion. Villanneva, sa femme et sa fille, Robert et Henry Tresillian, Pedro, le majordome et les ingénieurs et contremaîtres, tenaient une conversation animée. De quoi parlaient-ils? Mais de quoi des assiégés peuvent-ils parler, sinon de leur situation? Don Estevan exposait ses espérances à ses amis. Selon lui, la revanche de Pedro, qui aurait pu leur être plus nuisible qu'utile, parce qu'elle avait avivé la haine des Indiens, si un assaut eût été possible, mettait de meilleures chances de leur côté. Sans doute, le lieutenant du Serpent-à-Sonnettes, El Zopilote, c'est-à-dire le Vautour-Noir, qui lui succédait, était tout aussi capable que son prédécesseur, et tout aussi hostile aux Blancs, — don Estevan l'ayant déjà rencontré dans

ses campagnes militaires, pouvait-on parler sciemment, —
mais il ne pouvait avoir sur ses hommes le même ascen-
dant que El Cascabel, qui les avait si souvent conduits à
la victoire et au pillage.

Après les fatigues et les émotions de la veille, le repos
était nécessaire pour tout le monde, et la discussion ne se
prolongea pas outre mesure.

Bientôt, après l'orage, chacun oublia, dans un sommeil
paisible, les tristes réalités du jour.

Les sentinelles veillaient seules comme la nuit précédente, les moins expérimentées montant la garde pendant
les premières l......Couvertes de sérapés en étoffe imper-
méable, elles se p   enaient à grands pas devant le parapet
de pierres sous une pluie battante. Chaque éclair jaunâtre
leur montrait comme en plein jour le ravin conduisant à
la plaine métamorphosé en rapide, et les arbres du plateau tout ruisselants d'eau.

Au pied de la Montagne Perdue, les sentinelles rouges
étaient à leur poste, elles aussi, mais plus exposées par
les furies de l'orage au danger des éboulements; elles
enserraient moins étroitement la montagne, — trois ou
quatre d'entre elles avaient été écrasées.

Vers le matin seulement, l'orage diminua d'intensité,
les coups de tonnerre devinrent moins fréquents et la pluie
cessa de tomber.

Quoique passer la nuit dehors par un temps pareil
n'eût rien de bien agréable, Henry Tresillian avait insisté
pour monter la garde à la même heure que la veille.

QUATRE SENTINELLES ROUGES AVAIENT ÉTÉ ÉCRASÉES.

Ce n'était cependant pas son tour, mais il avait cru voir dans le llano un point noir qui ressemblait vaguement à un cheval, et qui n'avait fait que paraître et disparaître au moment de l'orage. Serait-ce par hasard Crusader? Henry voulait éclaircir ses doutes. Pendant ses longues heures de veille, il tint constamment son télescope braqué sur l'endroit où il avait cru apercevoir son cheval bien-aimé. Ce ne fut qu'au dernier éclair qu'il reconnut qu'il ne s'était pas trompé. Crusader n'était ni prisonnier ni perdu. Il avait su revenir jusqu'au lac, et il se tenait là, immobile, hors de la portée des Indiens.

Henry n'avait fait qu'entrevoir Crusader pendant la durée de l'éclair; mais, dans le calme et le silence qui suivirent la tempête, il entendit à plusieurs reprises un hennissement qu'il connaissait bien, et quand l'aurore se leva, il vit sur la rive du lac opposée au camp indien son beau Crusader qui, la tête tournée vers le ravin, semblait saluer son maître d'un bonjour matinal.

CHAPITRE XII

UN ENNEMI INATTENDU

Henry Tresillian poussa une exclamation de bonheur en apercevant, aux premiers rayons du soleil, le fidèle animal dans une attitude qui semblait dire : « Vous voyez, maître, que je ne vous oublie pas. Je ne vous ai pas abandonné! »

C'était un grand soulagement pour le jeune Anglais de voir que son cheval avait su trouver sa subsistance dans ces plaines désertes ; car, en admettant que le sort le délivrât jamais, lui et les siens, il lui restait une certaine chance de le retrouver. Toutefois cette joie n'était pas sans un mélange d'inquiétude. Il s'attendait à tout moment à voir surgir une bande de cavaliers rouges à la poursuite de Crusader.

15

Celui-ci était sans doute en proie aux mêmes craintes que son maître, car il paraissait inquiet, agité, et regardait tour à tour, d'un air méfiant, la montagne et les chariots auxquels les Indiens avaient attaché leurs mustangs, ces mêmes mustangs avec lesquels il avait refusé tout commerce. Peut-être se demandait-il aussi ce qu'étaient devenus ses compagnons, les chevaux de la caravane? Toujours est-il que son instinct l'avertissait de ne pas s'approcher du corral.

Toute la rive occidentale du lac était bordée de roseaux et de buissons touffus qui cachaient Crusader à la vue des Peaux-Rouges, tant que ceux-ci restaient dans le corral; mais, dès qu'ils sortiraient pour baigner leurs mustangs, ils le découvriraient infailliblement. Qu'arriverait-il alors? Crusader, qui avait eu le dessus une première fois, serait-il aussi heureux une seconde? Malgré sa vitesse, ne serait-il pas dépassé, entouré, pris dans les spirales d'un lasso?

Henri Tresillian fut brusquement interrompu dans ces réflexions par une rumeur confuse venant de l'extrémité du bivouac, du côté même de la tente des femmes. On entendait des voix d'hommes parlant tous à la fois, et, en outre, des cris de femmes et d'enfants; cela annonçait un événement extraordinaire.

Que se passait-il donc?

La pensée d'Henry et des sentinelles fut que les Indiens avaient réussi à escalader la montagne d'un autre côté. Eux seuls pouvaient causer un tel effarement. Ces cris respiraient l'épouvante la plus accentuée.

Au milieu de ce tumulte, Henry crut distinguer la voix même de Gertrudès l'appelant à son aide.

« Henry! Henry!... »

Pedro et lui s'élancèrent à cet appel.

Un peu avant d'arriver à l'*Ojo de Agua*, le gambusino aperçut les enfants des mineurs qui grimpaient après les arbres aussi haut que possible, et reconnut bientôt la cause de toute cette gymnastique.

« Ce sont des ours grisons, » cria-t-il à Henry.

Il ne se trompait pas.

Au fond de la clairière, deux gigantesques ours se tenaient, l'un sur quatre pattes et l'autre sur deux. C'étaient bien des grisons, les plus redoutables de toutes les bêtes fauves de l'Amérique.

L'ours grison, qu'il ne faut pas confondre avec l'*ursus americanus*, ou ours noir, lequel est plus friand du miel des abeilles que de la chair de l'homme, est le *grizzly-bear* ou *ursus ferox* des naturalistes.

Lorsqu'il atteint tout son développement, sa taille, depuis le bout du museau jusqu'à l'extrémité de la queue, est d'environ trois mètres; son poil est d'un blanc jaunâtre, tirant parfois sur le brun. Il a le museau allongé, la tête large de près de seize pouces, et la mâchoire armée de dents très fortes; mais sa puissance réside surtout dans les griffes formidables dont ses pattes sont armées, griffes tranchantes comme des rasoirs, et qui, chez l'animal adulte, atteignent souvent jusqu'à sept pouces de longueur.

Le tigre des Grandes-Indes et le lion du Sahara sont

moins terribles dans leurs jungles que l'*ursus ferox* dans les contrées qu'il affectionne.

Ces animaux redoutent si peu leurs ennemis, qu'ils attaquent sans hésiter des vingtaines d'hommes ou de chevaux, et qu'ils viennent souvent jeter le trouble dans un camp très fortifié et y faire impunément les plus grands ravages.

Il n'était pas étonnant que les mineurs fussent en émoi.

Chose surprenante, les ours ne faisaient pas mine de pénétrer dans le bivouac et d'assaillir les habitants. Ils semblaient se plaire à contempler le désordre causé par leur présence, et vouloir amuser aussi leurs adversaires.

Le mâle, debout sur ses pattes de derrière, agitait ses pattes de devant dans tous les sens; la femelle se levait et se baissait tour à tour comme pour jongler avec lui. Ce spectacle eût été divertissant, si la tragédie n'eût pas dû suivre la comédie de très près.

L'ours grison agit souvent de ruse envers ses ennemis. Ce n'est qu'après avoir rôdé autour d'eux pendant assez longtemps, que sa colère prend le dessus; mais alors, malheur à ceux qui se trouvent à portée de ses pattes. On en a vu assommer un cheval ou un bœuf d'un seul coup.

La señora Villanneva s'était réfugiée dans sa tente. Elle appelait sa fille à grands cris, mais Gertrudès restait bravement à l'entrée, auprès de son père et de Robert Tresillian ; et tandis que bien des personnes plus âgées qu'elle fuyaient éperdues et tremblantes, c'est à peine si elle paraissait plus pâle que de coutume.

Henry Tresillian se précipita devant elle pour la défendre.

« Cachez-vous, Gertrudès, je vous en supplie, » lui dit-il.

La jeune fille lui montra pour toute réponse un poignard corse qui ne la quittait pas.

Henry répondit à cette démonstration en forçant Gertrudès à rentrer dans la tente, et en lui faisant promettre de n'en pas sortir.

Pendant ce temps, quelques hommes avaient pu prendre leurs fusils.

« Ne tirez pas ! s'écria le gambusino, en les voyant s'apprêter à faire feu, ils peuvent... »

Il était trop tard ! Les dernières paroles de Pedro furent noyées dans le bruit d'une détonation.

L'ours mâle, celui qui était debout, retomba sur ses quatre pattes. Il était atteint, mais peu profondément blessé. Il tourna la tête avec un mouvement d'impatience et se mit à lécher sa blessure. Après s'être ainsi pansé, il reprit sa position première en dodelinant de la tête et en poussant des grognements mélangés de cris de douleur et de rage.

Bien loin de montrer, lui et sa femelle, la moindre velléité de retraite, ils quittèrent subitement et simultanément leur place et se jetèrent brusquement au milieu du bivouac.

Cette attaque fut tellement prompte, qu'un pauvre enfant qui, dans l'excès de sa frayeur, était tombé de son arbre,

n'eut pas la possibilité de s'échapper. La femelle lui
assena un coup de patte qui l'étendit raide mort. Cependant, elle n'eut pas le temps de faire d'autres victimes.
Les mineurs, n'écoutant que leur fureur, l'entourèrent de
si près que les canons de leurs fusils étaient perdus dans
son épaisse fourrure.

Huit ou dix coups de feu résonnèrent en même temps,
et la femelle tomba morte.

L'un des ennemis était vaincu, mais le plus redoutable
restait encore à combattre.

Il allait droit à la tente de la señora Willanneva que
défendaient don Estevan, Robert Tresillian, son fils Henry
et le gambusino. Malgré leur petit nombre, c'étaient d'intrépides champions, et ils avaient, indépendamment de
leurs fusils, des couteaux et des pistolets.

Ils attendirent l'ennemi de pied ferme.

Pedro s'écria vivement :

« Laissez-moi tirer le premier, señores, et quand l'ours
se retournera pour lécher sa blessure, visez-le tous derrière l'épaule gauche. »

Le gambusino mit un genou en terre et épaula son fusil.
Il n'était que temps. L'énorme bête se trouvait à moins de
dix pieds de la tente, quand le coup de feu de Pedro partit.
Comme il l'avait prévu, l'ours blessé se détourna de même
que la première fois, pour passer sa langue sur sa plaie,
et ce mouvement laissa à découvert l'épaule gauche. Quatre
fusils envoyèrent coup sur coup leurs huit balles dans
cette cible improvisée, et pas une ne manquant le but,

elles firent dans la peau de l'animal un trou sanglant, presque de la dimension d'une tête d'homme.

On n'eut pas à se servir des couteaux et des pistolets, pas plus que des fusils que les autres mineurs avaient pu recharger. L'ours expira avant que l'écho eût cessé de répéter toutes ces détonations.

La scène que nous venons de décrire s'était passée en moins de temps qu'il ne nous en a fallu pour la raconter. En réalité, il ne s'écoula que quelques minutes depuis le moment où les grisons avaient paru à l'entrée de la clairière, jusqu'à celui où ils furent étendus morts tous les deux au milieu du bivouac.

Le résultat eût pu être tout différent. La plupart des luttes avec les grisons sont moins heureuses, et l'on cite de nombreux cas où la moitié d'un camp a succombé à la rage insensée d'un seul de ces animaux.

Tous les coups des mineurs avaient porté. Cela tenait assurément à la courte distance de laquelle ils avaient tiré, car la peau dure et épaisse des grisons est presque à l'épreuve des balles, et il s'en est trouvé qui, après avoir reçu une demi-douzaine de blessures, s'en allaient comme si de rien n'était.

L'imminence du danger avait bien conseillé les mineurs.

Chacun s'empressa alors autour du cadavre du malheureux enfant tué par la femelle. Il était horriblement mutilé.

« C'est Pablito Rojas, » dit une voix de femme.

Et tous s'écrièrent d'une voix sympathique :

« Pobre! pobre Pablito ! »

Le désespoir de la mère était navrant. On ne pouvait la séparer du corps de son fils ; avec la véhémence des femmes de son pays, elle s'arrachait les cheveux, remplissait l'air de ses cris et reprochait à l'ours de ne pas l'avoir tuée en même temps que son enfant.

Chacun mêlait ses larmes ou ses lamentations aux siennes.

Rien de nouveau n'était survenu dans la prairie pendant cette alerte. Les Indiens avaient sans doute deviné la raison de la fusillade qu'ils avaient dû entendre. Henry put constater que Crusader paissait toujours à la même place. C'était plus que n'avait osé espérer le jeune Tresillian. Sans doute les Peaux-Rouges ne l'avaient pas encore aperçu. Mais cela ne pouvait pas durer ; un hennissement malencontreux du beau Crusader vint les mettre en éveil ; ils ne tardèrent pas à se mettre en campagne. Henry eut bientôt la douleur de voir une cinquantaine de cavaliers rouges sortir de leur camp posément et en bon ordre et se déployer en file indienne, dans le llano, pour enfermer dans leur cercle le fier animal.

Crusader les voyait bien, mais il continua de paître, comme insouciant du danger et désireux seulement d'oublier, dans ces gras pâturages, son jeûne de plusieurs jours. Le ruisseau était à quelques pas de lui ; il semblait n'avoir rien de plus à désirer ; l'eau et l'herbe, il avait tout à souhait.

Les Coyoteros avançaient toujours. Crusader ne bougeait pas.

Après avoir si bien résisté la première fois, allait-il donc se laisser prendre aussi facilement? Le cœur d'Henry se serra.

« Cette fois-ci, dit un de ses compagnons de garde, c'est fini. Crusader est forcé.

— Qui sait? répliqua Pedro qui revenait du bivouac. Je serais bien surpris si Crusader se laissait prendre à un piège aussi grossier? C'est bien plutôt lui qui jouera un tour de sa façon aux Peaux-Rouges... Attendez. »

En effet, les sauvages, arrivés à leur tour non loin du ruisseau, constatèrent avec joie que l'orage en avait fait un torrent infranchissable, bordé de véritables précipices.

Rétrécissant de plus en plus leur cercle, Crusader était évidemment pris entre eux et le torrent; ils n'avaient plus que quelques pas à faire et Crusader serait à leur merci. Il était certain pour eux qu'aucun animal, doué du plus ordinaire instinct, ne songerait à affronter les eaux mugissantes d'un torrent, pour échapper au danger bien moindre d'être capturé.

C'est en quoi ils se trompaient. Quand Crusader se vit presque à la portée de la main de l'Indien qui commandait la manœuvre, il fit un bond prodigieux, s'élança au milieu des flots, disparut un instant dans les nuages d'écume qui jaillissaient autour de lui, et, bientôt après, reparut sur l'autre rive, d'où, s'étant arrêté un moment pour secouer

16

un peu sa crinière, il prit sa course vers un grand bois voisin, où il disparut définitivement.

« Qu'est-ce que je vous disais? s'écria Pedro. Crusader les a joués. Ce cheval n'est ni plus ni moins que le démon. Il ne serait jamais resté là tranquille, s'il n'avait su que le ruisseau, grossi par la pluie, n'était praticable que pour lui. »

Henry Tresillian n'avait pas bougé de son poste. Le cœur battant, il avait assisté, plein d'émotion, à cette nouvelle victoire de son cheval. Quand il vit les Indiens désappointés reprendre piteusement la route de leur camp, un immense soupir sortit de sa poitrine.

CHAPITRE XIII

LA VIE SUR LA MONTAGNE PERDUE

Les événements que nous venons de raconter furent suivis d'une période de calme relatif pendant laquelle, des deux côtés, l'on s'observa.

Les assiégeants ne semblaient pas penser à tenter un assaut, et cependant ils ne demeuraient pas inactifs. On les voyait, du haut du plateau, aller, venir, puis disparaître pour revenir encore. On eût dit qu'ils prenaient plaisir à faire le tour de la montagne. Dans quel but? C'est ce que les assiégés cherchaient à comprendre.

Ces sortes de patrouilles avaient lieu principalement pendant la nuit, et sans discontinuer, pour ainsi dire.

Du haut de la montagne, quand les clartés nocturnes le permettaient, don Estevan et ses compagnons suivaient de l'œil ces manœuvres silencieuses.

Les Indiens examinaient toutes les faces de la montagne avec une singulière attention.

« Si nous n'avions la certitude, dit un soir don Estevan, que notre fort est inaccessible de tous côtés, excepté par le ravin, on croirait que ces démons ne renoncent pas à nous prendre au gîte.

— Leurs manœuvres autour de la montagne ont un double but, dit le gambusino : savoir si, en dépit des apparences, ils pourraient monter, ou bien encore si nous pourrions descendre. La perspective d'un long siège les impatiente, eux aussi; mais, laissons-les faire. Pour ma part, je ne demande, en attendant mieux, qu'une chose, c'est qu'un de ces Coyotoros de malheur passe à portée de ma carabine.

— C'est à peine probable, dit Henry Tresillian ; la mort de leur chef a été une leçon pour eux.

— Qui sait ? reprit le gambusino avec un sourire. En nous voyant si calmes, il leur arrivera bien, un jour ou l'autre, de faire les bravaches et de se rapprocher, ne fût-ce que pour nous faire mieux entendre leurs injures. C'est le moment qu'il faudra choisir, pour en découdre proprement quelques-uns. Le tout est de leur laisser croire, pendant quelque temps, qu'ils peuvent compter sur l'impunité. »

Comme pour donner raison aux paroles de Pedro Vicente, deux ou trois Indiens, se détachant d'une escouade, se rapprochèrent, en ce moment même, de la montagne, au petit trot de leurs montures, puis firent halte à bonne distance. Ils n'étaient pas d'accord, sans doute, et discutaient vivement, car le bruit de leurs voix arrivait jusqu'à la plate-forme.

Le gambusino, fait à tous les idiomes du désert, prêta l'oreille en faisant signe, de la main, à ses compagnons, d'observer le plus strict silence. Au bout de quelques secondes, il leur expliqua de quoi il retournait.

« Ces chiens, dit-il, tout en connaissant la Montagne Perdue, aussi bien que votre serviteur, se demandent s'il n'existe point quelque sentier autre que le ravin par où nous pourrions leur brûler la politesse, à la faveur d'une nuit sombre, et c'est pour cela qu'ils nous épient, depuis quelques jours, et nous observent avec une attention aussi soutenue. Mais en voici deux qui, dans l'ardeur de la conversation, me paraissent oublier les règles de la prudence. Ce serait peut-être le moment, don Henry, d'essayer la portée de nos armes.

— A vous celui de droite, ajouta-t-il ; moi, je prends celui de gauche, et tâchons de bien faire. »

Bientôt une double détonation retentit au milieu du silence, et deux Indiens roulèrent à bas de leurs chevaux. Puis on entendit le galop des montures effrayées, suivi des mêmes clameurs qui avaient accompagné la mort du chef:

« Hurlez ! dit philosophiquement le gambusino, les glapissements des coyotes ne réveillent pas les morts. »

Pedro Vicente avait dit vrai: les reconnaissances poussées par les sauvages, autour de la montagne, avaient

pour principale raison de s'assurer qu'il n'existait aucun
moyen de fuite pour les assiégés, et qu'il était, par conséquent, tout à fait inutile pour eux de disperser tout
autour et de fatiguer les forces dont ils disposaient.

On en eut, du reste, bientôt la preuve. Les Indiens,
après avoir enlevé les cadavres des deux sauvages tués,
revinrent à leur camp, et ne posèrent plus de sentinelles,
sinon à l'entrée du ravin.

Le lendemain, dès le matin, après un déjeuner composé
de jambon d'ours et de quelques conserves, don Estevan
jugea bon d'explorer le plateau, pour s'assurer s'il n'y
avait plus de grisons, et si une alerte comme la précédente n'était plus à craindre.

Sous les ordres de l'ingénieur en chef, les Mexicains
pratiquèrent des sentiers à travers les taillis épais, à
grands coups de hache et de machete, et passèrent dans
des endroits que n'avait jamais foulés le pied de l'homme.

A leur approche, bien des oiseaux inconnus s'envolèrent
effrayés ; des bêtes extraordinaires sortirent de ces lianes
et de ces branches enroulées les unes dans les autres. Les
herbes et les mousses cachaient principalement des reptiles, des armadillos, des lézards énormes, des grenouilles
à cornes très bizarres, classées, par les zoologistes, sous le
nom d'*agama cornuta*, et bon nombre de serpents à sonnettes, ainsi désignés à cause du bruit que font leurs écailles
en s'entre-choquant, lorsqu'ils déroulent leurs anneaux.

Ils se glissaient sous les feuilles mortes et tentaient
vainement de fuir inaperçus. Leur bruissement sonore les

trahissait, et les mineurs les tuaient sans pitié. Pedro
poussait même l'ironie jusqu'à les lancer, une fois morts,
faute de pouvoir les leur expédier tout en vie, dans la
direction du camp des Indiens, pour leur rappeler, disait-
il, leur ancien Chef et par là même sa fin inopinée.

Les quadrupèdes n'étaient pas rares non plus ; de
temps en temps, les chasseurs abattaient, pour les besoins
de la communauté, soit une antilope, soit un carnero, sans
compter le gibier plus humble, comme les lièvres et les
lapins.

De grands loups et leurs lâches cousins, les coyotes,
peuplaient aussi ces fourrés, jusqu'alors à peine entrevus
par quelque batteur d'estrade égaré dans le llano. On ne
les épargna point, et les vautours eurent, pour quelque
temps, leur pâture assurée.

Mais on eut beau chercher partout, aucun ours, noir
ou gris, ne sortit de sa tanière.

Les deux grisons qui avaient assailli les mineurs,
étaient-ils donc les seuls de leur espèce sur le plateau de
la Montagne Perdue ?

Cette battue dura une journée entière, entremêlée de
péripéties diverses ; on s'apprêtait même à regagner le
bivouac, avant la tombée de la nuit, lorsqu'un double
appel du gambusino et de son compagnon Henry Tresillian,
qui avaient constamment tenu la tête des chasseurs, an-
nonça que quelque chose de grave se passait.

On se hâta pour les rejoindre, et l'on aperçut dans
une sorte de clairière, debout sur leurs pattes de der-

rière et gesticulant de façon bizarre un nouveau couple
de grisons.

Ils se tenaient à l'entrée d'une tanière dont on apercevait l'ouverture sombre dans une masse pierreuse. Les
détonations successives des fusils et des carabines les
avaient alarmés; cependant ils ne témoignaient d'aucune
intention agressive et ne s'éloignaient guère de l'ouverture de leur antre, prêts à s'y réfugier à la première
alerte.

C'est du moins ce que crut comprendre Pedro Vicente,
qui pria don Estevan de défendre de tirer sur eux.

Les armes déjà abaissées se relevèrent, et chacun regardait le gambusino comme pour lui demander une explication.

« Voilà des voisins dangereux, dit don Estevan, et qu'il
faudrait détruire au plus vite. La certitude de leur présence en ces lieux n'est pas rassurante, et si nous ne
nous en débarrassons pas sur-le-champ, nous nous trouverons constamment pris entre deux dangers. Ne vous
semble-t-il pas, Pedro, qu'un feu d'ensemble...

— Cela pourrait évidemment réussir, interrompit le
gambusino; mais supposez, señor, qu'il n'y ait point de
blessure mortelle, et c'est possible grâce à cette impéné-
trable fourrure, qui vous dit que l'un de ces animaux,
tout au moins, ne nous échappera pas pour se ruer en
droite ligne sur le bivouac, où l'on n'attend point cette
visite, et dont il sera plus rapproché que nous.

— Vous avez raison, reprit don Estevan, mais nous ne

pouvons cependant nous éloigner avec la pensée de laisser vivants de pareils hôtes.

— Certes non, dit Pedro ; aussi faut-il s'en défaire, mais avec le moins de risques possible. Avec votre permission, pour cette fois, cela ne regardera que moi ; tout ce que je demande, c'est que chacun se mette hors d'atteinte directe en grimpant sur ces arbres. Cela fait, ne poussez aucun cri, aucune exclamation, et laissez-moi faire. »

L'endroit du plateau où l'on se trouvait n'était guère éloigné de plus de quatre cents mètres, en droite ligne, du bord de la montagne qui regardait le camp des Apaches. Celle-ci présentait de là, jusqu'à la plaine, un plan légèrement incliné mais lisse, comme une immense plaque de métal. Du haut en bas, tout était à peu près nu ; c'était l'aridité même du roc sans fissure. Au bord supérieur seulement, dans une crevasse où s'était entassée quelque terre végétale, un arbre avait poussé, penché sur le vide, et dont la maîtresse branche, à six pieds de hauteur, était très capable de supporter le poids d'un homme.

Lorsque tous les chasseurs se furent mis hors de l'atteinte des deux terribles fauves, dans les arbres où ils restèrent immobiles, le gambusino, les deux canons de son fusil chargés, s'avança à pas mesurés vers les monstrueux animaux.

Tous les yeux, comme on peut le croire, étaient braqués sur le hardi chasseur qui, évidemment, risquait sa vie pour accomplir on ne savait quel exploit.

17

Les deux grisons, toujours debout sur leurs pattes de derrière, semblaient eux-mêmes confondus par tant d'audace, et marchaient à petits pas, à reculons, tout en poussant de sourds grondements de colère, et en allongeant démesurément leurs impitoyables griffes.

Pedro Vicente avançait, toujours calme et à pas comptés. Arrivé à une cinquantaine de pas des grisons, il se mit à les injurier, et à ces injures les ours répondaient par des grognements de plus en plus accentués.

Pedro avança encore et se donna la joie singulière de leur lancer des pierres.

C'en était trop. Les monstres exaspérés se laissèrent retomber lourdement sur leurs pattes de devant, humèrent l'air pendant quelques secondes, et, grand train, la poursuite provoquée par le gambusino commença.

Bien que celui-ci courût à toutes jambes, ces animaux, si lourds en apparence, le gagnaient de vitesse, et ce qui inquiétait le plus les Mexicains cachés dans les arbres, c'est que Pedro, sans penser à se ménager une retraite, dirigeait sa course vers le précipice.

Seulement, tout en jouant des jambes, il se débarrassait successivement de quelques parties de son costume, qu'il jetait en arrière, pour occuper les monstres, et reprenait ainsi un peu d'avance. Les ours s'arrêtaient quelques secondes pour flairer l'objet, puis repartaient de plus belle, avec des ronflements de plus en plus irrités.

Arrivé à cinq ou six mètres du bord du plateau, Pedro

XIII

Vicente s'arrêta, se retourna, épaula et fit feu de ses deux coups.

Un double rugissement de douleur répondit à la double détonation. Blessées toutes deux, les deux bêtes fauves fondirent sur lui, avec une rage inouïe, et les Mexicains, dans un instant rapide comme l'éclair, virent le gambusino jeter son fusil et s'élancer, avec toute l'adresse d'un clown, jusqu'à la branche d'arbre suspendue sur le vide, que nous avons décrite. Il la saisit avec l'adresse d'un singe et était à cheval dessus; tandis que les deux ours, emportés par leur élan, disparaissaient au-dessous de lui, sur la pente raide des rochers.

Une clameur enthousiaste retentit. En un instant Pedro Vicente avait repris pied sur le plateau et se baissait pour ramasser son arme.

Une minute après, les Mexicains, allongés sur l'extrême bord du plateau, ainsi que le gambusino, regardaient le fond du gouffre.

A leur grand étonnement, les deux monstres, bien qu'atteints tous deux par les balles du gambusino, n'avaient été qu'étourdis par leur effroyable chute. Ils se secouaient, au bas de l'escarpement, comme des chiens mouillés. Aussitôt qu'ils avaient perdu pied, ils s'étaient roulés sur eux-mêmes comme des hérissons, la tête entre les pattes de devant, en forme de boules énormes, et s'étaient laissés dégringoler le long de la paroi du roc, presque impunément. Arrivés au bas, ils s'étaient retrouvés sur leurs pattes, la tête en l'air, comme s'ils

eussent eu l'intention de recommencer, en sens inverse,
la route qu'ils venaient de fournir involontairement.

Les Mexicains, émerveillés, se tenaient devant Pedro
Vicente, dont Estevan étreignait vigoureusement la main,
et qui dit d'un ton narquois en se tournant vers la plaine :

« Attention ! le spectacle ne fait que commencer, et
nous avons encore assez de jour peut-être pour en voir la
fin. — Tenez, ajouta-t-il en montrant du doigt les deux
fauves, tenez, señores, voilà des gaillards qui, à peine
remis de leur chute, sentent la chair fraîche, si l'on peut
qualifier ainsi la chair de ces sauvages, et qui vont chercher pâture dans le camp des Coyoteros.

Les deux grisons, en effet, au comble de la fureur,
apercevant le campement des Indiens, s'élancèrent et fran-
chirent en un clin d'œil, la distance qui les en séparait.

Le soleil, qui déclinait rapidement vers l'horizon, ne
tarda pas à disparaître et à s'ensevelir dans la nuit sans
crépuscule des tropiques.

Aussi, les assiégés ne virent ils que le commencement
de la scène qui suivit. Ce ne fut que par de nombreux
coups de feu qui se succédèrent, en bas, pendant un
grand quart d'heure, et par les clameurs d'épouvante et
les cris de douleur mêlés à de formidables rugissements,
qu'ils devinèrent les péripéties du drame qui s'accomplis-
sait au pied de la montagne.

Lorsque tout fut rentré dans le silence, ils reprirent le
chemin du bivouac, où l'exploit du gambusino fit tous les
frais des conversations nocturnes.

Don Estevan visita les postes, selon son habitude, et nul n'eût pu dire, quelques instants après, que, dans ce désert muet, des hommes reposaient, prêts à s'entre-tuer au premier signal.

Pedro Vicente, en s'endormant, pensait que les grisons, avaient dû accomplir de bonne besogne, et qu'en évaluant à une demi-douzaine le nombre des victimes qu'ils avaient faites, dans le camp des Peaux-Rouges, surpris par eux à l'improviste, c'était toujours autant de coquins de moins qu'on aurait sur les bras en cas de bataille.

CHAPITRE XIV

LESQUELS

Le lendemain, de bon matin, on se remit en marche pour terminer l'exploration commencée. Il s'agissait de s'assurer, d'une part, que le plateau était désormais libre de tous hôtes dangereux, et de l'autre, de se renseigner sur toutes les ressources qu'il pourrait offrir dans l'éventualité d'un long séjour forcé.

En tête de la troupe marchaient, comme toujours, don Estevan, Henry Tresillian et le gambusino.

Celui-ci, insouciant en apparence, mais, par le fait, attentif aux moindres choses, s'efforçait, non de rassurer don Estevan, inaccessible à la crainte, mais de lui communiquer quelque espoir.

Avec sa perspicacité accoutumée, il avait remarqué que

le chef reconnu des mineurs, en ce moment soldats assiégés, jetait de temps en temps, sur la tente qui abritait la
señora Villanneva et sa fille, des regards désolés.

Ne redoutant rien pour lui-même, prêt à tout qu'il
était, Estevan de Villanneva perdait sa sérénité habituelle
quand il pensait à sa femme et à leur fille Gertrudès, et
au sort terrible qui les attendait peut-être dans un avenir
plus ou moins prochain, si l'on ne parvenait à faire
lâcher prise aux assiégeants.

Le gambusino s'efforçait de le rassurer, en lui faisant
envisager les ressources qui leur permettraient de résister
de longs jours.

La Montagne Perdue ne manquait encore ni de gibier
ni de végétaux, depuis le fameux mezcal des Indiens,
dont Pedro connaissait les qualités, jusqu'à diverses sortes
de mezquités dont les longues gousses pendantes ren-
ferment des graines faciles à broyer, et dont on peut faire
une sorte de pain ou de gâteau agréable et nourrissant;
sans oublier les noix de pin-pignon qui ne sont pas à
dédaigner, une fois grillées.

En fait de fruits, le plateau de la montagne offrait certaines variétés de cactus, parmi lesquels le pitahaya, dont
le fruit piriforme rappelle un peu la saveur des poires
d'Europe.

Henry Tresillian en cueillit quelques-uns au passage,
heureux de faire une surprise à la señora Villanneva et à
sa charmante fille.

Don Estevan, que ses préoccupations n'abandonnaient

pas, était d'accord avec le gambusino pour reconnaître la
possibilité de soutenir un long siège; mais l'inaction,
voilà ce qu'il redoutait pour ses hommes.

Il est bien rare que des travailleurs habitués à une vie
active, et renfermés tout à coup dans un étroit espace,
avec impossibilité d'en sortir, ne finissent pas par s'affoler.
Cette crainte poursuivait don Estevan qui, tout en rega-
gnant le bivouac, exprimait ses appréhensions.

« En résumé, dit-il, il n'est pas sain de se nourrir d'illusions, et tout d'abord j'écarte la probabilité et même la
possibilité d'un secours venu de l'extérieur, le seul cependant qui pourrait être efficace. Dans l'alternative où nous
sommes, un secours ne pourrait nous être amené que par
un hasard, et le hasard ne doit pas entrer en ligne de
compte dans nos prévisions. N'est-ce pas votre avis, Pedro
Vicente? Nous avons commis la plus grave des fautes
quand, surpris par l'arrivée des Apaches, nous n'avons
pas pris, avant tout, le soin d'expédier quelques-uns de
nos hommes à Arispe avec mission de faire savoir aux
autorités dans quelle situation nous allions probablement
nous trouver.

— Señor, reprit vivement le gambusino, ne me parlez
pas de cette faute; nous n'étions pas enfermés depuis
deux heures sur ce plateau, qu'elle m'est apparue avec
toutes ses irréparables conséquences; elle est pour moi
un remords sanglant, et n'a cessé de m'obséder. Je ne
comprends pas que la pensée d'une mesure aussi simple,
aussi nécessaire, n'ait pas été la première qui nous soit

18

venue à tous, dès que l'approche des Indiens est devenue
pour nous un fait certain. J'ai été vingt fois sur le point
de vous dire ce que vous venez de m'exprimer à l'instant ;
si je ne l'ai pas fait, c'est que je n'entrevoyais aucun
moyen de réparer notre impardonnable oubli. Toutefois il
n'est vraiment pas impossible que, inquiets de notre silence,
les gens d'Arispe ne s'avisent d'eux-mêmes de s'enquérir
de nous. Vous avez laissé là des amitiés et des intérêts qui
finiront par se réveiller. La Montagne Perdue est sans
doute bien perdue dans le désert. Cependant, sans tabler
sur l'espoir d'une occasion heureuse, ce serait un tort de
ne point essayer de la faire naître, ne fût-ce qu'en hissant,
par exemple, le pavillon mexicain sur le point le plus
élevé de notre plateau. Comme je vous le disais tout à
l'heure, il est permis de penser qu'on s'étonnera à la ville
de ne recevoir de nous aucune nouvelle, qu'on finira par
vouloir savoir où nous sommes. En admettant cette hypothèse bien hasardeuse, j'en conviens, car personne, à notre
départ, ne pouvait, ne devait prévoir ce qui nous arrive,
le pavillon national, déployé à cette hauteur, appellerait
l'attention des éclaireurs de la garnison d'Arispe, si l'on
venait à y penser que nous sommes en péril.

--- Vous avez raison, Pedro, répondit Estevan ; notre pavillon sera hissé dès notre retour au bivouac. Mais n'est-ce
pas une honte que des hommes hardis en soient réduits à
demeurer inactifs, sous l'œil de ces bandits à peau cuivrée?

— Vous ne pouvez, cependant, songer à une action,
señor. Si nous n'étions que des hommes ici, je vous dirais :

— tentons-la! Et cependant j'ai la certitude que nous y resterions. Ces gredins d'en bas sont aussi bien armés que nous; ils sont aussi bons tireurs que la plupart de nos hommes. De plus, et c'est leur supériorité, ils sont montés, c'est-à-dire maîtres de se tenir à tout instant hors de notre portée. Si nous pouvions trouver à la sortie du ravin cinquante chevaux comme Crusader, ou mieux encore un pour chacun de nous, je serais le premier à vous dire de commander l'attaque, et il y a cent à parier contre un que nous ferions une trouée à travers ces maudits. Mais il ne nous manque que cela, señor, et c'est tout. Vous avez fait la guerre aux Apaches, don Estevan, et vous savez de reste que, dans le désert, un homme sans monture est un homme perdu.

— Je croyais, interrompit Henry Tresillian, avec toute la fougue de la jeunesse, qu'un blanc résolu valait dix de ces peaux tannées.

— Autrefois, oui, dit le gambusino; aujourd'hui, non. C'est pour notre malheur et à notre exemple qu'ils se sont aguerris et presque disciplinés. Toutefois, soyez tranquille, don Henry, si acharnés qu'ils soient, nous essayerons de leur donner du fil à retordre.

— Espérez-vous qu'ils finiront par lâcher prise? demanda don Estevan.

— Quant à cela, je n'oserais y compter, señor, répondit le gambusino. Les Coyoteros sont patients comme des Zopilotes : ils mourraient de faim en attendant le dernier soupir de la proie qu'ils convoitent.

« — A vous entendre, Pedro Vicente, nous n'aurions
plus qu'à nous résigner à mourir, à mourir le plus tard
possible, mais enfin à mourir.

— Non pas, répliqua vivement le gambusino, et gardez-vous surtout, señor, de laisser supposer que nous
puissions avoir une telle pensée. Vous êtes à la tête
d'hommes courageux, don Estevan. Ils croient que vous
les tirerez de là ; il faut qu'ils ne cessent pas un instant
de le croire, et qu'à la fin ils aient eu raison de compter
sur vous.

— Mais que faire pour entretenir et surtout pour justi-
fier cette confiance? reprit don Estevan.

— Oui, que faire? dit le gambusino, en se frappant le
front ; voilà ce que je cherche et ce que je ne trouve pas
encore. Mais je le trouverai, señor, il faut qu'il sorte de
cette cervelle l'idée d'un expédient qui nous délivrera.
Tel incident peut surgir qui nous suscite une inspiration
qui serait pour nous le salut. »

Ainsi devisant des périls de la situation, les explorateurs rentrèrent au bivouac, où leur premier soin fut de
hisser, sur la crête de la montagne, le drapeau national
aux trois couleurs, portant, au milieu, un aigle perché sur
un nopal, les ailes étendues.

Désormais, tout voyageur, venant du sud, devrait
apercevoir cet étendard déroulant ses plis dans l'air, et
comprendre que quelque chose d'extraordinaire se passait
au sommet de la Montagne Perdue.

Assurément, les assiégés auraient eu tort de compter

LEUR PREMIER SOIN FUT DE HISSER LE DRAPEAU NATIONAL.

sur un secours prochain; mais ils ne voulaient pas non plus en désespérer. En attendant, puisque l'ennemi ne pouvait pénétrer chez eux qu'en tentant l'assaut par le ravin, n'était-il pas possible, au moins, de surprendre ses sentinelles et d'essayer quelques coups d'audace propres à jeter, parmi les sauvages, une terreur superstitieuse ?

Don Estevan, qui redoutait, pour le moral de ses hommes, les longueurs d'un siège dont il était impossible de prévoir le terme, pensait, avec raison sans doute, qu'il serait bon que les défenseurs d'une position fortifiée pussent ne pas laisser aux assiégeants un instant de répit.

Mais il y a loin de la théorie à la pratique, des projets à leur exécution. En prétendant décimer l'ennemi, ne se ferait-on pas décimer soi-même, et sans le moindre résultat ?

Henry Tresillian, jeune et ardent, aurait voulu quand même des sorties multipliées, espérant, par une série de coups heureux, fatiguer et déconcerter l'ennemi.

Mais, toujours à ces propositions, Pedro Vicente hochait la tête :

« Vous oubliez, répétait-il, qu'une fois en plaine, de nuit comme de jour, nous sommes à la merci de ces sauvages, qu'il y a ici des femmes et des enfants qui ne pourraient nous suivre, et que vous ne voudriez pas abandonner... (assurément, Henry ne voulait abandonner personne). Vous oubliez enfin, pardonnez-moi cette redite, que les

Coyoteros sont montés, et qu'en supposant une réussite
partielle de notre attaque nos adversaires seront toujours
assez nombreux pour se placer entre ceux de nos hommes
qui auront opéré la sortie et ceux qui seront demeurés à
la garde du ravin. Alors, coupés en deux et cernés, réduits à l'impossibilité de nous rejoindre, en serons-nous
plus avancés ? »

Don Estevan, prudent par nature, comme tous les gens
vraiment braves, reconnaissait la sagesse de ces paroles.

« Vous avez malheureusement raison, señor Vicente. »

Puis, reprenant, après un instant de silence :

« Tout ce que j'ai de plus cher au monde est ici, dit-il,
sur cet inaccessible plateau où nous sommes relativement
heureux d'avoir, grâce à vous, trouvé un refuge; mais, bien
que la pensée de voir tomber ma femme et ma fille entre
les mains des Apaches me cause parfois d'horribles appréhensions, je ne saurais oublier non plus ces hommes de-
voués qui nous ont suivis, et qui, au lieu de trouver avec
nous la fortune, sont, dès maintenant, exposés à la plus
affreuse des morts. Ma conscience me crie que c'est nous
qui les avons conduits ici et que c'est à nous de les en
faire sortir. Ne pensez-vous pas ainsi, Tresillian ?

— Certes, fit l'Anglais ; de même que vous, señor,
je considère cela comme notre strict devoir : leur salut
avant et non après le nôtre, si c'est possible. »

Puis, en véritable Anglais, songeant encore, malgré lui,
à l'excellente affaire qui paraissait manquée, et désignant
avec un geste de dédain le camp des Coyoteros :

« Entre nous et la fortune assurée, dit-il, il n'y a que ces vermines d'Apaches. En gros ou en détail, il faut qu'ils disparaissent. Il ne sera pas dit, señor Vicente, que les filons que vous avez découverts seront autant de richesses mortes, parce qu'il aura plu au hasard de susciter contre nous ces loups de la Sonora. »

Rien ne pouvait mieux exciter le gambusino que de telles paroles.

L'évocation de sa fortune évanouie le mettait hors de lui-même, et, menaçant du canon de sa carabine le camp des Apaches :

« Ah ! s'écria-t-il, vingt chances seulement sur cent, de passer sur le ventre de ces sauvages et de les exterminer, et Pedro Vicente serait le premier à demander le signal de la bataille. Mais je n'en vois pas une seule, señor, et ce n'est vraiment pas assez. Il faut autre chose, il nous faut trouver une idée qui nous sauve ou nous donne des chances de salut. Cherchons-la, par le ciel ! cherchons-la !

— Ce n'est point ici, dans cette prison, s'écria Henry, qu'une chance heureuse se présentera ; mais une fois en bas, qui sait ? La fortune est souvent pour les audacieux...

— Quelque respect que j'aie pour votre courage, señor, interrompit le gambusino, vous me permettrez de vous répéter que les sorties contre un ennemi plus fort, plus nombreux qu'on ne l'est, n'ont de chances de réussite qu'autant qu'elles peuvent être appuyées de secours arrivant juste à point de l'extérieur, ou tout au moins qu'autant qu'elles pourraient être, pour l'assiégeant, des surprises. Or, comment surprendre des gens qui sont sur leurs gardes, que nous ne pouvons aborder que sur un point, et qui savent d'avance par où nous sortirons ?

— Alors, reprit brusquement Henry, toujours obsédé par son idée fixe, il n'y a, selon vous, qu'à nous morfondre ici, les bras croisés, jusqu'à ce que nos provisions soient épuisées, et à attendre que les Coyoteros, enhardis par notre couardise, nous surprennent, affaiblis et incapables même de vendre chèrement notre vie ?

— Je ne dis point cela, señor, et moi qui vous prêche la patience, je sens la rage qui bout jusqu'au plus profond de moi-même, quand je vois d'ici ces chiens impassibles et comme sûrs d'avoir raison de nous grimacer hors de la portée de nos fusils. Mais il est toujours temps de faire une folie, que diable ! et attendre qu'elle soit indispensable est relativement un acte de raison. Est-ce que nos ennemis ne nous donnent pas l'exemple de la prudence ? Et croyez-vous que ce soit pour leur plaisir qu'ils se morfondent en bas, pendant que nous nous morfondons en haut ? »

Cependant, les jours succédaient aux jours, et rien ne sortait de ces discussions vaines. De temps en temps, grâce à l'adresse du gambusino et au courage du jeune Tresillian, on descendait quelques sentinelles, en se risquant, aux heures propices, dans le ravin ; mais les victimes étaient bientôt remplacées par de nouveaux guerriers.

A quelques exceptions près, c'était avec une habileté

consommée que le Zopilote, instruit par l'expérience, plaçait ses postes hors de la portée des armes, pendant les nuits claires, et les rapprochait du ravin pendant les nuits obscures, et en nombre tel qu'il n'y avait pas lieu de songer à les attaquer et à s'en défaire, avant que le camp ne fût mis en éveil.

Dans l'inaction presque forcée à laquelle les contraignait la surveillance des sauvages, activée encore par les quelques pertes qu'on leur avait fait subir, les Mexicains avaient trouvé une distraction plutôt qu'une occupation. Ils travaillaient, sous les ordres de l'ingénieur, à la fabrication de deux canons, oui, deux canons!!

Dans une excursion précédente, l'ingénieur avait découvert, presque à fleur du sol, des filons de minerai assez riches et d'une extraction facile.

Sous une direction habile, il n'est pas difficile de faire, d'ouvriers mineurs, des fondeurs et même des forgerons; et avec l'espoir de la réussite, chacun se donnait de tout cœur à la besogne.

Ce n'était, à vrai dire, qu'une diversion fournie par l'ingénieur à ces braves gens, pour tromper les heures indéfiniment prolongées de ce siège mortel, mais pour quelques-uns d'entre eux c'était la certitude du salut.

Les plus enthousiastes assistaient déjà, en idée, à une scène qui devait amener peut-être la fin de leurs tribulations. Tout en coulant la fonte et en s'escrimant du marteau, ils entendaient par avance la détonation de leurs deux pièces d'artillerie, suivaient les projectiles dans leur

19

trajectoire rapide, les voyaient tomber à l'improviste dans
le camp des Indiens, l'enflammer en éclatant, et la mitraille
répandre partout la terreur et la mort.

Pedro Vicente, tout en admettant que le canon pouvait,
à une heure donnée, jouer un rôle efficace, n'avait pas
tardé à réduire à de plus justes proportions les services de
la future artillerie.

Seulement, ce n'était pas une raison pour renoncer à
l'entreprise commencée, et il était permis de compter que
quelques coups de mitraille bien placés, mettraient évidemment un bon nombre de Coyoteros dans l'impossibilité
d'assister au dénouement, heureux pour eux seuls, sur lequel ils comptaient.

Sur ces entrefaites, un matin, des cris de joie partis de
la plaine éveillèrent tout à coup, et d'une façon qui n'avait
rien d'agréable, l'attention des assiégés.

Une troupe d'Indiens, forte de plus de deux cents hommes, venait se joindre au contingent du Zopilote.

Elle se composait, d'une part, des guerriers chargés, au
début, de conduire et de mettre en sûreté dans leurs
villages les chevaux et le bétail pris aux Mexicains, et de
l'autre, d'hommes amenés par eux à titres de renforts.

Le Zopilote ne pouvait avoir la moindre intention de
lever le siège, puisqu'il faisait venir cette bande nouvelle.

Ce fut, dans tout le campement, un sujet de conversation générale.

Sous la tente de don Estevan, où se réunissaient Tresillian, l'ingénieur, le majordome et Pedro Vicente, l'arrivée de ces renforts assombrit tous les visages, et l'avenir, jusqu'alors si douteux, parut de plus en plus noir.

Le gambusino déclara, cependant, qu'il ne fallait point tirer de cet incident, grave en apparence, un trop fâcheux augure.

« Señor, dit-il, en s'adressant particulièrement à don Estevan, soyez assuré que cette seconde bande de coquins ne va faire que paraître et disparaître, et que, dès demain peut-être, notre situation sera la même qu'hier, ni meilleure, ni pire. »

A ces paroles, chacun releva la tête, jusqu'à Henry Tresillian et Gertrudès qui, dans un coin éloigné de la tente, causaient, pour le moment, de toute autre chose que des Apaches.

« Quelle cause, selon vous, señor gambusino, dit don Estevan, nous vaudrait cette bonne fortune relative ?

— Ce n'est certes pas nous, répondit Pedro Vicente, que cherchait d'abord la bande de El Cascabel. En traversant ces solitudes, le brigand avait un but, sans doute le pillage de quelque établissement de blancs, sur les rives de l'Horcasitas. Dans l'espoir d'une meilleure aubaine, ces fils du diable se sont détournés de leur route pour nous assiéger ici. Mais les sauvages, et surtout les Coyoteros, sont entêtés comme des mulets; ceux qui sont récemment arrivés partiront, soyez-en certains, après avoir pris les instructions du nouveau chef, pour l'expédition même dont notre présence a détourné les premiers, et il n'y aura

rien de changé pour nous. Quand ces loups-là se mettent
en campagne, ajouta-t-il, c'est qu'ils sont sûrs de leur
coup; et, si peu gaie que soit notre situation, elle vaut
peut-être mieux encore que celle de ces pauvres gens dont
ces monstres se proposent de rapporter la chevelure. »

Si près que l'on soit de la mort, ou tout au moins d'un
péril très grave, il reste toujours dans le cœur de l'homme
un fonds de compassion pour les autres. Estévan et ses
amis pensaient avec tristesse à ceux de leur race que les
Indiens menaçaient, et pour lesquels ils ne pouvaient rien,
pas plus d'ailleurs qu'ils ne pouvaient pour eux-mêmes.

Au milieu du silence provoqué par les suppositions
assez vraisemblables de Pedro Vicente, ce fut don Estevan qui reprit le premier la parole :

« Il y a dit-il, une chose terrible, que nos hommes
ignorent, mais que la nécessité va bientôt nous con-
traindre de leur apprendre, c'est que la chasse ne nous
fournit presque plus de ressources, et que les vivres di-
minuent. Il va falloir nous rationner.

— Ordonnez le rationnement dès maintenant, dit Robert Tresillian, et chacun s'y conformera, sans murmurer.
N'est-ce pas à nous de donner l'exemple?

— Vous avez raison, mon ami, reprit don Estevan, mais
il est une chose que nous n'empêcherons, ni vous ni moi,
c'est que derrière le rationnement, nos hommes devine-
ront la famine, et, par conséquent, la mort de plus en
plus prochaine.

— Avant cela, fit observer l'ingénieur, il sera toujours

temps de tenter un coup de désespoir. Mieux vaut mourir
en se jetant en avant, tête baissée, que d'être torturés et
attachés, par ces brutes ivres, au poteau du supplice.

— Incontestablement dit le gambusino, mais....

— Mais quoi? » s'écria-t-on à la ronde.

Pedro Vicente, impassible, laissa passer, sans sourciller,
toutes les questions qui suivirent, puis, quand le silence
fut tout à fait rétabli :

« Une chose m'étonne, dit-il, c'est que ces démons, qui
passent pour avoir le secret de toutes les ruses, n'aient pas
fait semblant de s'éloigner et de se dissimuler, la nuit,
dans un pli de terrain, pour nous inspirer confiance,
avec le plan de fondre sur nous, de toute la vitesse de
leurs chevaux, si nous abandonnions notre asile. Et qui
sait si ce stratagème, soutenu par eux pendant une se-
maine seulement, n'eût pas fini par nous tromper! En
vérité, je ne les reconnais point là, et c'est à nous de leur
donner une leçon. Au point où nous en sommes, avec la
faim comme perspective, la pire des folies serait peut-
être aujourd'hui un acte de raison. Eh bien, cette folie,
don Estevan, il est temps de la tenter.

— Bravo! » répétèrent tous les autres.

Le gambusino attendit le silence, et de sa voix la plus
nette il laissa tomber lentement ces paroles :

« Nous n'avons qu'un moyen de réparer l'immense faute
que nous avons tous commise au début, quand nous avons
oublié de détacher quelques courriers sur Arispe : il faut
que l'un de nous tente de s'évader, par une nuit sombre,

et gagne Arispe pour demander et pour nous ramener des
secours du seul point du monde d'où ils puissent nous venir.
Il le faut. Il faut que l'un de nous parvienne à se dérober
aux regards des sentinelles apaches et à forcer l'entrée du
ravin. Celui qui tentera l'aventure a quatre-vingt-dix
chances sur cent d'y succomber. J'ajoute que, grâce à ma
connaissance du pays et des dialectes indiens, j'ai le droit
de réclamer cette mission, et je ne céderai à aucun autre
l'honneur de l'affronter, si ma proposition est agréée par
don Estevan. »

Celui-ci se leva, et, après avoir péremptoirement
repoussé l'offre du gambusino, dont l'absence, dont la
perte eût été trop préjudiciable à tous, il déclara que la
tentative était cependant à faire et sans retard.

« Señores, dit-il, mon beau-frère, le colonel Réqueñes,
commande, vous le savez, à Arispe le régiment des lanciers de Zacatecas, et Pedro Vicente a tout à fait raison :
il faut que l'un de nous, ou mieux encore deux de nous,
se dévouent pour essayer de l'avertir et de le guider jusqu'ici, avec ses escadrons. »

Henry Tresillian s'avança dans le cercle, et, d'une voix
résolue :

« Je suis prêt à partir, » dit-il.

A ces mots, une vive rougeur colora le doux visage
de Gertrudès. Était-ce admiration du courage d'Henry
Tresillian, ou crainte de voir sa proposition acceptée ?
Sans doute, les deux sentiments se confondaient en un
seul.

Don Estevan refusa l'offre du jeune homme, comme
celle du gambusino, mais pour d'autres motifs : Henry
était un soldat comme les autres et n'avait pas, plus qu'un
autre, droit à la préférence qu'il réclamait.

Une idée plus juste venait de surgir dans l'esprit du
chef qui, s'adressant à tout l'auditoire, mais plus spécialement à Pedro Vicente :

« Sauriez-vous me dire, demanda-t-il, combien, parmi
les nôtres, seraient capables de se diriger vers Arispe, sans
crainte de faire fausse route?

— A mon avis, répondit le gambusino, on pourrait en
compter au moins une quinzaine. Il n'en est pas un parmi
nos arrieros et nos vaqueros, qui ne puisse regagner
Arispe, s'il parvient à se glisser dans la plaine, hors de la
vue des Apaches.

— S'il en est ainsi, s'écria don Estevan, c'est le sort
seul qui doit décider. Qu'en pensez-vous, Tresillian?

— Je pense, Villanneva, répondit Tresillian, que des
hommes désignés par le sort, s'ils sont résolus, comme je
n'en doute pas, peuvent et doivent se risquer. S'ils réus-
sissent, nous sommes sauvés; s'ils échouent, notre destin
n'étant plus douteux, ils mourront seulement un peu plus
tôt que les autres. Nous devons tous tirer au sort, moi et
mon fils, comme nos autres camarades, en exceptant,
toutefois, pour une première expérience, les gens mariés. »

Il faut si peu de chose pour rallumer une lueur d'espérance chez les plus désespérés, qu'on vit, en un instant,
tous les visages s'éclaircir.

Le jeune Tresillian, avec toute l'ardeur de son âge, demanda que le tirage au sort eut lieu à l'instant même.

Mais don Estevan jugea qu'il était nécessaire de prévenir les hommes aptes à prendre part à cette loterie dont l'enjeu était la mort probable; et il fut convenu que le tirage aurait lieu le lendemain.

On commença donc par s'enquérir du nombre d'hommes jugés capables de regagner Arispe, et de leurs dispositions; et, le lendemain, on les réunit pour leur dire nettement ce qu'on attendait d'eux.

Pas un ne fit d'objection; pas un ne chercha à se dérober à cette mission périlleuse.

En voyant Robert Tresillian et son fils disposés à affronter les mêmes chances qu'eux, plusieurs eussent volontiers imité le gambusino, qui s'était proposé la veille, et réclamé, comme une faveur, le droit d'affronter un péril qu'on sentait presque insurmontable.

Pour procéder à ce tirage, on prit autant de noix de pin-pignon qu'il y avait d'hommes propres à la terrible mission décidée, on en noircit deux avec de la poussière de charbons écrasés, poudre impalpable presque, et insensible au toucher, et l'on jeta la masse dans un sombrero.

C'était au sort de parler. Les deux noix marquées de charbon étaient les numéros gagnants de cette singulière tombola.

Les hommes se rangèrent en cercle autour de don Estevan, et chacun d'eux, à l'appel de son nom, vint suc-

cessivement, les yeux bandés, plonger la main dans le
sombrero que le chef tenait par les bords.

La scène était palpitante. Des exclamations sourdes
accueillaient chaque noix sortante; mais on n'attendit pas
longtemps : la moitié des hommes n'avait pas encore défilé
devant l'urne d'un nouveau genre, que les deux noix
fatales avaient été saisies.

Les deux hommes désignés par le sort étaient un muletier et un bouvier, braves parmi les plus braves de cette
troupe d'aventuriers.

Rompus à toutes les surprises du désert, ils avaient fait
d'avance le sacrifice de leur vie, en mettant le pied dans le
llano.

La nuit qui allait suivre ce même jour, déciderait de
leur sort.

Disons toutefois qu'avant qu'elle ne fût tombée, l'événement avait justifié une des prévisions du gambusino.

Les Indiens, dont l'arrivée soudaine avait causé une
impression si décourageante sur le plateau, reprirent leur
route dans la direction du fleuve Horcasitas, et ce ne fut
pas sans une certaine satisfaction que les assiégés suivirent des yeux leur file allongée, jusqu'à ce qu'elle se perdît
à l'horizon.

CHAPITRE XV

DÉNOUEMENT FATAL

« Il n'y a pas apparence que ces deux hardis compagnons puissent nous quitter cette nuit, dit don Estevan au gambusino.

— Peut-être, señor, reprit Pedro Vicente ; le désert, comme la mer, est riche en surprises. A voir cet espace sans limites, éclairé par un soleil ardent, ce ciel sans un nuage, il est permis de compter sur une nuit très belle, trop belle pour nos projets. Mais Benito Anguez et Jacopo Barral sont prêts et résolus. Que le brouillard s'élève sur le llano, ce qui n'est point rare dans cette saison, qu'il l'enveloppe, et nos deux camarades, orientés d'avance, n'auront plus, une fois le passage difficile à travers les Apaches accompli, qu'à marcher droit devant eux. Le brouillard, vous le savez, señor, est l'ami des évasions.

« Que Dieu nous le pardonne, s'écria don Estevan, mais nous faisons violence à sa bonté, en tentant cette épreuve. J'ai beau faire, ma conscience n'est pas tranquille, car la confiance est absente. J'aimerais mille fois mieux être à la place d'Anguez et de Barral.

— A cette heure, señor, dit le gambusino, ce serait presque un crime que de se préoccuper d'autre chose que du salut de tous. »

Et, laconiquement, il ajouta :

« Le sort a parlé. »

A quelque distance du bivouac, les deux hommes désignés ne pensaient plus qu'à faire leurs préparatifs et à s'équiper. Entourés par leurs camarades, ils leur faisaient stoïquement leurs adieux, et attendaient l'heure du départ avec un admirable flegme.

Ce n'était de leur part ni résignation, ni indifférence : ils avaient accepté la décision fatale et ne s'appartenaient plus.

« Tout ce que je puis vous promettre, disait Barral, c'est que notre peau ne restera pas gratis entre les mains des Coyoteros. »

Anguez, de son côté, montrant son revolver :

« Il y a dans cet instrument de quoi faire sauter six Apaches. Si nous ne passons pas, ce ne sera point notre faute ; mais n'oubliez pas de compter les coups.

— Six pour toi, six pour moi, ripostait Barral, cela

fait douze, pas un de moins. Après cela, nous pourrons, s'il le faut, mourir à notre tour. »

La journée se passa, pour les assiégés, à regarder le ciel, dans des alternatives d'inquiétude et d'espoir.

Sans doute, ce soleil ardent ne disait rien de bon. Cependant quelques vapeurs s'amassaient et cachaient l'horizon. Cela pouvait faire espérer une nuit nuageuse et sombre.

Dans le courant de l'après-midi, les nuages se rejoignirent subitement et crevèrent au-dessus de la montagne, en un véritable déluge, éteignant les feux des forges autour desquelles on travaillait.

La tempête de pluie ne fut cependant qu'une rafale momentanée, et le ciel reprit bientôt son impassible sérénité.

Quand le soleil tomba derrière l'horizon, avec la vitesse d'un projectile, les constellations australes apparurent, l'une après l'autre, et, bien que la nuit fût sans lune, la lueur sidérale permettait aux assiégés de distinguer les sentinelles indiennes, immobiles à leur place accoutumée et s'étendant, comme un cordon vivant, entre la base du ravin et le campement du Zopilote.

Dans la situation des assiégés, ce n'était pas grand'-chose qu'un retard de vingt-quatre heures; mais leur impatience n'admettait pas les délais. A leurs yeux, si l'opération de délivrance n'était pas tentée cette nuit même, c'était une affaire finie. Le verdict qui les condamnait était prononcé. Pourquoi la nuit suivante eût-elle été plus clémente et plus propice?

Plus clémente, cela voulait dire : plus sombre et plus
mystérieuse.

Malgré cela, tout le monde était sur pied. A de certains
indices, le gambusino devinait un changement météorolo-
gique. Cette pluie diluvienne avait saturé le sol, et il suffi-
rait d'un simple refroidissement nocturne pour que l'humidité engendrât un épais brouillard.

L'aspect du ciel permettait de ne pas désespérer.

En effet, vers le milieu de la nuit, le lac, dont la surface avait été jusqu'alors assez agitée, devint calme comme
une nappe d'huile, et des vapeurs s'en dégagèrent lentement, comme de la fumée sortant du cratère d'un volcan
en train de se refroidir à sa base.

Peu à peu, le voile de brume s'élargit, déroba le lac sous
ses ondes cotonneuses, franchit les rives, s'étendit sur le
llano, finit par envelopper le camp des Peaux-Rouges,
glissa en montant sur les flancs de la montagne et s'étendit jusque sur le plateau, où les Mexicains veillaient atten-
tifs, derrière le parapet de pierres.

Tous étaient là, hommes, femmes et enfants, dans
l'attente de l'heure solennelle, emprisonnés dans la brume,
et l'on pourrait presque dire dans le silence, car, pour se
faire entendre, à des distances même très rapprochées,
ceux qui parlaient étaient obligés d'enfler leur voix.

Don Estevan fit approcher Benito Anguez et Jacopo
Barral, et dans chacune de ses mains serra la main des
deux hommes.

« Voilà l'instant de partir, dit-il, et nous ne saurions

rêver de temps plus propice. Par une telle nuit, il paraît possible de passer. Que Dieu vous protége, mes amis, et vous dirige! »

Les deux hommes, sans autre émotion que celle des adieux, et après avoir distribué quelques accolades dans la foule qui les entourait, se déclarèrent prêts à pénétrer dans le ravin.

Chacun d'eux portait, en bandoulière, un sac de vivres, une gourde pleine d'eau mêlée d'une certaine quantité d'eau-de-vie; dans la ceinture, un revolver et un machete. Ils n'avaient pas voulu d'autres armes. Ce qu'il leur fallait, c'était la liberté des mouvements.

Sans bruit, ils escaladèrent le talus et se glissèrent dans le brouillard.

Les assiégés, penchés sur le parapet, s'efforçaient de les suivre des yeux, et s'ils ne les accompagnaient point de souhaits bruyants, c'est que don Estevan avait commandé le plus strict silence.

Rien ne troublait le calme de cette nuit épaisse.

Anguez et Barral marchèrent avec tant de précaution que, le long du ravin étudié par eux avec soin, ils ne remuèrent pas la moindre pierre sous leurs pas.

Depuis qu'ils étaient emprisonnés su la Montagne Perdue, les assiégés avaient traversé bien des nuits calmes; jusqu'alors ils n'en avaient pas connu de plus solennelle.

Dans la personne de leurs deux camarades, c'était l'espoir de leur délivrance qui s'enfonçait dans les ténèbres.

Depuis un quart d'heure déjà, Anguex et Barral avaient disparu.

Quel bonheur et quel espoir, si, au matin, lorsque le soleil se lèverait, on n'avait entendu, du bas de la montagne, ni un cri d'appel, ni la moindre clameur d'angoisse!

Une heure s'écoula sans que rien vînt troubler le silence nocturne.

Don Estevan, la main dans la main de Robert Tresillian, le cœur plein d'émotion, peut-être même d'espérance, prononçait à voix basse quelques paroles de gratitude, à l'adresse de ceux qu'il croyait maintenant sains et saufs, dans la solitude du llano.

Pedro Vicente, penché en avant, la moitié du corps en dehors du parapet, semblait vouloir lire à travers l'ombre épaisse.

Peu à peu et à mesure que le temps s'écoulait, un poids immense, le poids de l'inquiétude mortelle, s'allégeait. Les mineurs respiraient plus librement. Ils s'imaginaient déjà voir dans la direction d'Arispe deux hommes qu'ils reverraient bientôt, suivis des lanciers du colonel Requeñes, quand soudain une rumeur, sourde d'abord, monta de la plaine jusqu'au plateau, et fut bientôt suivie de clameurs, de détonations répétées, puis de cris furieux qui se mêlèrent aux hennissements des chevaux et aux appels gutturaux des sauvages, croyant à une sortie et ralliant tout leur monde à l'entrée du ravin.

Au milieu de ce sinistre tumulte, les coups secs et

rapides des revolvers se firent successivement entendre. Le gambusino put les compter.

Il n'y avait pas à en douter : Benito Anguez et Jacopo Barral, surpris, se défendaient avec un sang-froid héroïque.

Au pied de la Montagne Perdue, une meute de Coyoteros se ruait sur ces braves, et il n'y avait rien, rien, hélas ! à faire pour eux.

Jamais encore les assiégés n'avaient aussi bien compris les horreurs de leur situation. Les cris féroces des sauvages retentissaient à leurs oreilles comme un funèbre glas, et, pour comble d'horreur, ils entendaient les adieux, de plus en plus éloignés, que leur jetaient leurs pauvres camarades.

Le gambusino lui-même, si impassible d'habitude, ne put s'empêcher de pousser une exclamation désespérée :

« Les maudits ! s'écria-t-il, ils y voient dans la nuit, comme des chats-tigres, et ce serait folie que de renouveler l'aventure dans les mêmes conditions.

L'issue de la tentative qu'il avait lui-même provoquée, le terrassait.

Entre l'idée et l'exécution, vingt-quatre heures s'étaient écoulées, et déjà il n'y avait plus de place que pour la résignation.

Chacun essaya de s'endormir sur le plateau, brisé de fatigue ou plutôt d'émotion, mais le spectacle qui s'offrit aux yeux des assiégés, au lever du jour, ralluma dans leur cœur la rage mal éteinte.

A l'endroit même où les Apaches avaient exécuté leurs

21

danses funèbres accompagnées de hurlements autour du cadavre de El Cascabel, les Coyoteros dressaient le poteau du supplice.

Bientôt ils y attachèrent un homme que les mineurs reconnurent pour Benito Anguez.

Le malheureux était dépouillé de ses vêtements, et sur sa poitrine s'étalait, sinistre, la tête de mort, emblème de la tribu, entre les deux ossements croisés.

Les deux poignets réunis par une corde au-dessus de la tête, les deux pieds liés, les côtes saillantes, le muletier tournait la tête vers la Montagne Perdue, comme s'il eût espéré en voir descendre le secours et la délivrance.

Alors, les sauvages s'éloignèrent, et, l'un après l'autre, prenant pour cible la poitrine du prisonnier, ils tirèrent jusqu'à ce qu'ils eussent remplacé, par un trou sanglant, la tête de mort, totalement disparue.

Graduellement le cercle s'élargit et s'effaça sous une tache écarlate.

Il y avait longtemps que la mort avait délivré l'infortuné muletier, que les brutes, ivres de sang et de rage, tiraient encore.

Enfin, et pour renouveler le drame avec un surcroît de férocité, ils attachèrent Jacopo Barral par-dessus le cadavre de son camarade et recommencèrent leurs exercices, avec la même adresse et les mêmes hurlements. Puis, deux d'entre eux scalpèrent les victimes, et, brandissant les chevelures saignantes au-dessus de leur tête, ils s'approchèrent, autant que le permettait la prudence, de la Mon-

ALORS, LES SAUVAGES, PRENANT POUR CIBLE LA POITRINE
DU PRISONNIER....

tagne Perdue, en agitant leurs lugubres trophées aux yeux des Mexicains impuissants.

Un peu avant le coucher du soleil, une consolation fut offerte aux assiégés. Anguez et Barral avaient tenu parole. Aucune des balles de leurs revolvers n'avait été perdue, et leurs machetes mêmes y avaient été de surcroît :

Les Indiens procédaient aux funérailles de quinze des leurs. La vie des deux Macchabées du plateau leur avait coûté cher.

La vue de cette glorieuse hécatombe redoubla les regrets dus à la mort des deux héros.

CHAPITRE XVI

UN SAUT PRODIGIEUX

Pendant toute la journée, la consternation régna sur le plateau de la Montagne Perdue.

Le passage presque instantané de l'espérance à l'abattement courbait les plus forts. Maintenant il n'y avait plus rien à faire : voilà ce qu'on se répétait l'un à l'autre. Et au bout de tout cela, comme couronnement, la fin jadis entrevue, l'épuisement des ressources et la mort, la mort de Barral et d'Anguez !

Don Estevan comprit qu'il fallait faire diversion à ces décourageantes pensées, dont il redoutait les progrès contagieux.

Le martyre de Benito Anguez et de Jacopo Barral, si glorieux qu'il fût pour leur mémoire, n'était pas fait, certes, pour inspirer des idées moins funèbres; et c'est précisément contre cette disposition qu'il lui parut nécessaire de réagir.

Réclamer une nouvelle tentative d'évasion eût été inutile. D'ailleurs, les Coyoteros, maintenant sur leurs gardes, ne manqueraient pas de redoubler de vigilance; et, de ce côté, tout espoir était perdu. Il n'y fallait plus songer.

Mais l'homme qui se noie, avec la certitude la plus complète de la mort, doit lutter jusqu'au bout, fût-ce en plein Océan.

Voilà ce que se disait don Estevan, et voilà la résolution qu'il fallait faire pénétrer dans le cœur de ses mineurs abattus.

L'exemple de Barral et d'Anguez, dont les Apaches n'avaient pu avoir raison qu'après avoir perdu quinze des leurs, n'était-il pas un noble exemple ?

Tomber, mais sur des monceaux de cadavres ennemis, serait la ressource suprême qui ne pouvait leur échapper.

Le gambusino, dans cette circonstance, prêtait au chef le concours de son énergie communicative.

« Señor, lui disait-il en lui faisant remarquer que, dans le bivouac, c'était à qui se raconterait les différentes péripéties du supplice récent, il n'y a qu'une chose à faire, pour le moment, c'est d'affirmer nettement à tous ces hommes qu'ils ne mourront point de cette mort épouvantable.

— Et que feriez-vous, Pedro, pour les en convaincre?

— Ce que je ferais, señor? Je les réunirais au plus tôt,

et je leur déclarerais que, l'heure venue, nous trouverons
le moyen de mourir tous ensemble, sans abandonner une
seule de nos têtes au couteau à scalper de ces chiens d'Indiens. »

Don Estevan regarda le gambusino d'un air étonné.
Que prétendait-il donc?

« Je ne suis pas aussi fou que vous semblez le croire,
señor, reprit le gambusino; un navire n'est jamais à la
merci du vainqueur, tant qu'il y a de la poudre dans les
soutes. Une fois à bout d'espoir, le commandant donne
l'ordre de mettre le feu à la mèche et de faire sauter le
vaisseau.

— Sommes-nous sur un vaisseau? demanda don Estevan.

— C'est tout comme, señor. La poudre ne vous manquera pas. Au dernier moment, si nous n'avons pas découvert, d'ici là, un nouveau moyen de diriger un messager sur Arispe, rien ne sera plus facile que de miner le
parapet du ravin et l'entrée du plateau. Le terrain bien
préparé, il ne s'agira plus que d'y amener l'ennemi. Nous
pouvons y arriver au moyen d'une sortie dont le seul but
serait de nous faire suivre, en fuyant, en reculant, en
remontant peu à peu le ravin, par les Apaches. Une fois
sur le plateau, nous les ferons sauter avec nous. A tout
prix, señor, il faut effacer l'impression produite par le
supplice de nos pauvres camarades.

Cette perspective, suscitée par le gambusino, de mourir
en ensevelissant l'ennemi dans ce qu'il aurait cru être
son triomphe, releva les courages abattus.

On se retrompait dans cette idée que la vie des femmes et des enfants ne serait plus à la merci des sauvages, et que, la dernière heure venue, on s'en irait tous ensemble, et, pour ainsi dire, la main dans la main, sur un lit de cadavres de Coyoteros.

En homme habile, don Estevan jugea qu'il fallait profiter aussitôt de ces bonnes dispositions et en tirer tout le parti possible, et il exposa que la situation n'était pas encore désespérée, que les ressources de la Montagne Perdue n'étaient peut-être pas aussi épuisées qu'on l'avait cru, et qu'en faisant une battue générale on trouverait nécessairement quelque gibier, et, par suite, du temps pour prolonger la résistance.

Cette battue fut fixée au lendemain, dès le lever du soleil.

La certitude d'échapper à la fureur des Coyoteros avait ramené, parmi les assiégés, une sorte de gaieté. On se fait à l'idée de la mort, comme à toute autre idée, et celle-ci une fois admise, on fit le possible pour n'y plus penser.

Le lendemain, au point du jour, on se mit en marche, à l'exception des hommes nécessaires à la garde du ravin, et la chasse commença.

Ainsi que l'avait prévu don Estevan, elle ne fut pas infructueuse. On abattit du gibier, en partie peu délicat, jusqu'à des loups et des coyotes ; mais on n'en était plus à se montrer difficile.

A peu près vers le milieu de la journée, don Estevan,

SOUDAIN, IL S'ÉLANÇA ET DISPARUT AUX YEUX
DES CHASSEURS.

les deux Tresillian, l'ingénieur et le gambusino marchant en tête, un bruit tout à fait insolite agita le fourré, et l'on vit détaler, à toute vitesse, un magnifique carnero.

Quelle aubaine, s'il était possible de l'abattre ! C'était, sans doute, le dernier représentant de ce troupeau que Pedro Vicente et Henry Tresillian avaient rencontré, dès le commencement du siège, et qui avait été, au jour le jour, d'une si grande ressource aux assiégés.

En tout cas, c'était une pièce exceptionnelle, un jeune et robuste mâle, aux formes élancées, aux muscles bien fournis, aux cornes longues et recourbées, et qui ne pouvait échapper aux chasseurs, car il courait en droite ligne vers l'extrémité du plateau, du côté opposé au camp des Indiens, c'est-à-dire vers le vide.

Une fois là, on aurait raison de lui, ne fût-ce qu'en le cornant.

Les chasseurs, excités par le vif désir de se rendre maîtres de cette proie, n'eurent même pas la patience d'attendre. Cinq ou six coups de fusil retentirent, mais sans atteindre le carnero qui, arrivé au bord du précipice, s'arrêta net, arc-bouté sur ses jambes nerveuses et fines, et la tête penchée sur le vide.

Soudain, les jambes de devant repliées, avec la rapidité de l'éclair, il s'élança et disparut aux yeux ébahis des chasseurs.

Quel saut !

Évidemment, la bête affolée s'était inconsciemment lan-

22

ée dans l'abîme, et, à l'instant, elle devait être morte, écrasée, disloquée, les os rompus et la chair pantelante, au bas des rochers.

Ce fut avec un singulier sentiment, mêlé de déception et de curiosité, que les chasseurs s'approchèrent du bord du plateau.

Le gambusino courait en avant de toute la vitesse de ses jambes.

Pour lui, il voyait, dans cet accident, un problème à résoudre. La halte du carnero à l'extrême bord du précipice lui donnait à penser, et beaucoup. La bête, avant de s'élancer, avait réfléchi. Elle avait certainement agi avec méthode. Un animal affolé peut, sous le coup de la terreur, se jeter dans l'abîme, mais sans s'arrêter, sans se donner le temps de voir où il s'élance. Celui-ci, au contraire, avait hésité, malgré les balles qui sifflaient à ses oreilles, et avait pris son élan, en bête qui calcule la hauteur et la portée du bond.

Arrivé au bord du plateau, le gambusino s'étendit à plat ventre et regarda. Les chasseurs, arrivant les uns après les autres, l'imitèrent. Sur les rochers qui formaient la paroi de la Montagne Perdue, rien ! En bas, rien ; à moins que le cadavre du carnero ne fût dissimulé par les broussailles. Mais non ! on aurait au moins vu des traces de sang sur la pierre.

Tout à coup, Pedro, portant ses regards sur la plaine, ne put retenir un cri, se redressa d'un bond, et tendit les bras en avant, vers l'horizon.

Tous suivirent ce geste indicateur et virent le carnero qui fuyait au loin, avec la vitesse d'une flèche.

Qu'est-ce que cela voulait dire ?

Était-il possible qu'une bête de chair et d'os détalât ainsi après une pareille chute, un saut de cinq cents pieds ?

Quant au gambusino, son visage était radieux. Une idée venait de surgir dans son cerveau, toujours en quête de moyens de délivrance.

Mais pensant qu'une déception nouvelle pourrait avoir d'irrémédiables conséquences, il laissa s'éloigner ses compagnons stupéfaits, ou plutôt fit semblant de les suivre; mais quand il crut pouvoir revenir sur ses pas, sans être vu, il s'approcha du bord, examina avec une attention extrême la paroi de la Montagne Perdue, arpenta la crête du rocher, dans toute sa hauteur et dans toute sa largeur, se coucha encore à plat ventre, la tête au-dessus du vide, étudiant les moindres aspérités et jusqu'aux creux des rochers; puis, après cette inspection attentive et prolongée, il reprit le chemin du bivouac, la joie dans le regard, et murmurant :

« Allons! nous ne sommes peut-être pas encore tout à fait perdus. »

Il s'était rendu compte du saut du carnero.

Quand il arriva au bivouac, la nuit était tombée, et sa surprise fut extrême d'entendre, en approchant de la tente de don Estevan, les éclats d'une discussion assez vive.

Le gambusino pénétra, et fut invité, comme d'habitude, à prendre part au conseil.

En ce moment, Henry Tresillian parlait, déclarant que se tenir ainsi immobile sur le plateau était pire que la mort, surtout quand on avait pour exemple la fin de deux compagnons qui, avant de succomber sous le nombre, avaient tué quinze hommes.

L'entrée de Pedro Vicente, sans jeter un froid, imposa cependant une certaine contrainte. Chacun le savait ennemi prononcé de pareilles tentatives.

Il posa dans un coin de la tente sa carabine, vint prendre sa place accoutumée, écouta respectueusement le résumé que lui fit Estevan de la conversation qui venait d'avoir lieu, puis appelé à donner son avis :

« Tout cela est très bien, señores, dit-il, mais, pour le moment, je crois avoir mieux à vous offrir.

— Expliquez-vous, s'écria-t-on. Parlez, mais parlez donc! Que nous apportez-vous? »

Tous les regards, ceux de don Estevan lui-même et de Robert Tresillian, étaient rivés sur le visage du gambusino, qui, avec simplicité, répondit en scandant ses paroles :

« Peut-être le salut.

— Seriez-vous homme à faire des miracles, señor gambusino? Soit, dites-nous votre moyen, dit l'ingénieur.

— L'idée en est si simple, répondit Pedro Vicente, que je ne comprends pas que nous n'y ayons point songé plus tôt. Puisque ces coquins nous interdisent d'expédier un

messager sur Arispe par la grande porte, il faut qu'il
prenne la clef des champs par le revers, c'est-à-dire par
le côté opposé du ravin et non gardé de la montagne. »

On crut, dans l'assistance, que Pedro Vicente était sous
l'empire d'une hallucination.

« C'est un saut de cinq cents pieds, vous n'y songez
pas, mon ami, dit don Estevan.

— Vous nous proposez d'imiter le carnero, dirent ensemble plusieurs voix.

— C'est cela même, riposta Pedro. Imiter le carnero,
il n'y a pas autre chose à faire. »

Et il ajouta :

« Dès demain, señores, au lever du jour, si vous voulez me suivre, je vous expliquerai mieux ce que j'ai pris
la résolution de faire, et vous verrez par vous-mêmes que
si mon projet est plein de difficultés, il est possible d'en
avoir raison avec de l'adresse et quelque énergie. D'ailleurs, cette fois, c'est moi qui me risquerai. Tout ce que
je demande à monsieur l'ingénieur, c'est cinq cents pieds
de corde, s'il peut les mettre à ma disposition. — En
gros ou en détail, ajouta-t-il en souriant, cela ne fait
rien. »

L'ingénieur déclara que la corde ne lui faisait pas dé-
faut, et qu'il en avait au moins quatre cents pieds.

C'était encore cent pieds qui manquaient. Comment se
les procurer ?

On proposa de mettre bout à bout quelques lassos, mais
cela n'allait pas loin. En découpant la toile des tentes en

lanières minces pour ensuite les tordre ensemble, peut-
être arriverait-on. En tout cas, il fallait essayer.

Au milieu de ces paroles qui s'entre-croisaient, chacun
apportant son système, le gambusino fit signe qu'il avait
quelque chose à dire.

« Inutile de se mettre en peine, fit-il; ce n'est pas la
matière qui manquera ici pour filer des cordages, et
nous n'avons qu'à nous baisser pour en ramasser.

— Où donc? Avec quoi en ferez-vous? cria-t-on à la
ronde.

— Nous en ferons avec ceci, » répondit le gambusino,
en repoussant du pied un amas de feuilles sèches sur
lequel il était assis.

C'étaient des feuilles de mezcal, dont les fibres, comme le
chanvre, peuvent en effet servir à fabriquer des fils et des
cordages d'une solidité à toute épreuve.

Cet arbre, qui avait déjà fourni plusieurs repas aux
Mexicains, pouvait donc, en outre, leur procurer la possibilité d'aller chercher à Arispe des libérateurs.

Or il y en avait assez sur la Montagne Perdue, pour
qu'on n'eût pas à craindre d'en manquer.

En s'y mettant avec ardeur, il était possible d'arriver
pour le lendemain soir; et il fut convenu que, dès la
pointe du jour, pendant qu'on travaillerait au bivouac,
don Estevan et ses amis accompagneraient le gambusino,
qui leur expliquerait, sur le terrain même, ses moyens
d'évasion.

Dès le matin, tout le monde était au travail. Les femmes

étaient occupées à recueillir toutes les feuilles de mezcal tombées depuis quelques jours, ce qui permettait de les employer sans retard, les feuilles fraîches ne pouvant immédiatement servir à l'usage réclamé.

Des hommes munis de maillets de bois grossiers, façonnés en un rien de temps, dégrossis à la hache, battaient, sans relâche, les feuilles sèches, contre les troncs d'arbres pour isoler les fibres, et d'autres tordaient celles-ci pour en faire des fils minces qui, réunis et fortement tordus à leur tour, prenaient bientôt la forme de cordages solides.

L'espoir était revenu, et avec lui le courage. Les plus indolents s'étaient mis à l'œuvre.

Pendant que chacun faisait ainsi de son mieux, don Estevan, en compagnie des deux Tresillian, de l'ingénieur et du gambusino, explorait le côté de la Montagne Perdue désigné, la veille, à l'attention de Pedro Vicente, par la disparition du carnero.

Ce n'était pas sans une émotion vive que l'on marchait.

Au bout de cette seconde expérience qu'on allait tenter, dont on se préparait, d'abord, à peser toutes les chances, on apercevait, comme toujours, l'armée de secours, le régiment de lanciers du colonel Requeñas.

Le gambusino avait dit vrai : il expliquait clairement le saut du carnero et démontrait qu'en suivant l'exemple donné par l'intelligent animal, la descente, quoique extrêmement périlleuse, n'était peut-être pas impossible à un homme. Penchés sur le vide, avec toute l'audace de gens qui espèrent et n'ont pas le temps de songer au vertige,

don Estevan et ses compagnons scrutaient les moindres
accidents de la paroi, suivant les indications de Pedro
Vicente, qui faisait sa démonstration avec une lucidité
merveilleuse, en homme sûr de ce qu'il avance.

De place en place, à partir d'une trentaine de pieds au-
dessus du bord supérieur, cette face de la Montagne
Perdue se composait d'une succession de petites corniches
ou plutôt de saillies de rocher perpendiculaires à la paroi,
et très étroites, ce qui devait les rendre parfaitement invisibles de la plaine, mais présentant assez de surface,
cependant, pour que des hommes pussent s'y tenir debout.
A l'aide des cordes, on devait pouvoir descendre d'une
corniche à l'autre. A partir de la dernière, à cent cinquante
pieds environ au-dessus du sol, le rocher, nu et tout à fait
lisse, descendait jusqu'au llano, avec une inclinaison
légère sur laquelle le carnero, affolé par la poursuite, avait
bien pu se laisser glisser, rouler peut-être.

La hauteur de cette dernière étape méritait attention,
sans doute; mais avec une corde à nœuds, solidement
fixée et tenue à la dernière corniche par les deux hommes
qui l'auraient aidé à y parvenir, un homme seul, habile
et de sang-froid, pouvait s'en tirer. Dans son ensemble,
le saut était périlleux, à coup sûr, la manœuvre difficile;
mais à la grâce de Dieu! Qui ne risque rien n'a rien !

Bref, le gambusino, pour se résumer, raconta que la
reconstitution faite par la pensée de cette fuite prodigieuse
du carnero lui avait inspiré l'idée de prendre la même
route, lui-même, pour gagner Arispe.

Don Estevan et ses compagnons étaient émerveillés de tant de sagacité.

Les regards plongés jusqu'au fond de l'horizon, avec une sorte d'ivresse, on ne pensait pas, momentanément, aux difficultés de cette descente de cinq cents pieds, qu'il fallait accomplir avant de se lancer sur le llano.

Dans l'enthousiasme du moment, chacun d'eux eût voulu partir, dès l'instant, en plein jour, sans songer à l'œil perçant des Indiens.

Tout à coup, en explorant l'étendue du llano, le regard de Pedro s'arrêta sur un point noir mobile, qu'il fit remarquer à ses compagnons, et qui semblait grandir en se rapprochant de la montagne.

Henry Tresillian, au premier coup d'œil, reconnut Crusader.

« C'est lui, s'écria-t-il. En vérité, ne semble-t-il pas, par sa présence en un pareil moment, me dire encore : — Vous savez, si vous avez besoin de moi, je suis là. ».

Henry avait, plus d'une fois, dans ses promenades, aperçu son cheval dans les mêmes parages, et en avait conclu que son brave Crusader avait sans doute rencontré, dans cette direction, en même temps qu'une retraite plus sûre, quelque pâturage plus à son gré qu'un autre, et dont il avait fait son quartier général préféré.

C'était donc sans surprise qu'il l'y retrouvait; mais cette circonstance venait de lui inspirer une résolution soudaine.

« Cette fois, dit-il, et sans qu'il soit besoin de faire

23

appel au sort, c'est moi qui partirai. Il y va de l'intérêt de
tous. »

Cette intervention inattendue provoqua un moment de
surprise.

« Vous, dit don Estevan, pourquoi vous, mon jeune
ami, plutôt qu'un autre, plutôt que Pedro Vicente, qui,
tout à l'heure, réclamait cet honneur pour lui ?

— Toi, Henry, s'écria Robert Tresillian, toi, mon
enfant ?

— Moi-même, señor, moi-même, mon père, répliqua le
hardi jeune homme, et par la raison péremptoire que nul
ici ne saurait avoir autant de chances que moi de réussir.
Une fois en bas, grâce à un signal qui est familier à Crusader, j'ai la presque certitude, qu'un autre que moi
n'aurait pas, de l'entendre accourir. Il n'y a pas un mus-
tang des Apaches pour suivre Crusader, vous le savez, et
puisque vous croyez, señor, qu'il faut être deux pour
gagner la route d'Arispe, les voilà trouvés : Crusader et
moi ! Lui et moi, si tout ne conspire pas contre nous,
pouvons seuls arriver à Arispe. »

Emu de ce langage hardi, le gambusino se rapprocha
du jeune homme, et lui serrant vigoureusement les
mains :

« Laissez-moi, du moins, partir avec vous, Henry,
dit-il. Je suis sûr de vous faire gagner Arispe en ligne
droite, tandis que vous... »

Henry Tresillian ne lui donna pas le te   s d'achever.

« Soyez sans inquiétude, dit-il, et ne me détournez

point. S'il fallait sortir à pied, Pedro, je n'oserais me
mettre en ligne avec vous, ou plutôt nous partirions
ensemble, en effet; mais vous n'ignorez pas que Crusader
ne se laisse monter que par moi.

— Et si vous ne le trouvez pas au bas de la montagne?

— Je le trouverai. Mais si, par impossible, je ne le
trouve pas, dit Henry Tresillian, eh bien, je vous attendrai
en bas, señor Pedro, et cette fois nous partirons ensemble. »

Un frémissement électrique courut dans l'assistance.

Chacun sentait que le jeune homme avait raison. Quel
meilleur compagnon que ce Crusader pour voler vers
Arispe?

Robert Tresillian, fier de son fils, le serrait dans ses
bras. Quant à don Estevan, tout en reconnaissant que le
jeune homme avait raison, il songeait à sa fille Gertrudès,
à qui une telle nouvelle allait causer nécessairement une
cruelle émotion.

Seul, l'ingénieur, dans son for intérieur, élevait des
objections. Il se disait qu'il faudrait une chance provi-
dentielle pour que, dans une manœuvre aussi difficile,
une corde ne vînt pas à se rompre, à s'user, à se couper
sous le frottement presque inévitable de l'arête de quelque
rocher. Mais avait-il le droit de les émettre, quand il
n'avait rien de mieux à proposer?

Il fut convenu que le départ aurait lieu dans la nuit
même, et l'on reprit le chemin du bivouac.

La petite troupe des explorateurs y rentrait à peine,
qu'un mineur y accourait hors d'haleine.

Il raconta qu'en s'efforçant, avec un de ses camarades,
de déplacer un bloc de rocher qui gênait la trace d'un
chemin que l'ingénieur leur avait donné à faire presque à
l'extrémité du plateau, du côté opposé au ravin, il avait
été stupéfait de voir ce bloc s'enfoncer subitement sous
terre, et disparaître avec un fracas épouvantable, quelque
chose comme une série de détonations, se répercutant
dans un abîme.

Surpris et presque effrayé d'abord, il avait bientôt repris
courage, et déblayé l'entrée de l'excavation avec l'aide de
son compagnon et de quelques autres mineurs qu'ils
avaient appelés.

Ils avaient mis ainsi à découvert l'orifice du trou d'un
puits naturel qui devait être extrêmement profond, à en
juger par le temps qu'avaient mis à arriver au fond d'autres
pierres successivement jetées, par eux, après la chute
inattendue du premier bloc.

Devant ce trou béant, ils avaient dû s'arrêter, et ses
camarades l'envoyaient avertir l'ingénieur et lui faire part
de la découverte.

Une caverne n'est pas chose rare sur les montagnes.
Mais dans l'état d'esprit où se trouvaient les assiégés, la
moindre chose nouvelle prend les proportions d'un événement. En tout cas, il fallait voir.

L'ingénieur avait écouté avec un très vif intérêt le récit
de son ouvrier. Il réunit aussitôt les hommes les plus
habiles de son équipe de mineurs, leur fit emporter tout ce
qui peut servir à la descente dans un puits de mine : ce

qu'il avait de cordes, des chaînes, même des bannes
pouvant supporter le poids de quelques hommes pressés
debout, l'un contre l'autre ; et muni de tous les moyens
d'exploration souterraine qui étaient en son pouvoir, tels
que lampes, appareils électriques, etc., qu'il avait eu le
temps de faire hisser sur le plateau, lors de l'apparition
des Coyoteros, il se rendit avec son monde sur le lieu de
la découverte, où il fit immédiatement tout préparer pour
la descente.

A quelques mètres de l'orifice du puits, qu'il fit élargir,
il établit un treuil autour duquel on enroula tout ce qu'on
avait de cordes et de chaînes, fit attacher, fixer solidement, à l'extrémité du câble, une banne où quatre
hommes pouvaient trouver place avec lui, et s'installa le
premier dans cette banne, où un contremaître mineur et
trois compagnons armés de pioches et de sondes le suivirent.

Pour que l'on pût se reconnaître dans cette obscurité, il donna l'ordre d'allumer les lampes, et la descente s'opéra prudemment, sans précipitation et sans
encombre.

Le puits était profond. L'ingénieur, de cinquante pieds
en cinquante pieds, se rendait compte, avec une satisfaction visible, de cette profondeur. Au bout d'un
certain temps, la banne toucha le sol.

L'ingénieur et ses compagnons se trouvaient dans une
sorte de rond-point, assez vaste, de forme un peu allongée,
mais fermé de tous côtés par le roc. Pas d'issue ! Du

moins, c'est ce que l'ingénieur crut deviner, à la première inspection.

Il donna, cependant, l'ordre de sonder les parois et s'y mit lui-même, auscultant les murailles granitiques à tour de bras, avec le dos d'une pioche.

Soudain, il tressaillit. Il lui sembla que le fer, en retombant sur le roc, venait de rendre un son moins mat. Si c'était une illusion? L'ingénieur commanda le silence. Tous les marteaux cessèrent de s'abattre sur les parois. Seule, la pioche de l'ingénieur retomba sur le rocher, et, en effet, chacun reconnut que le choc produisait une sonorité prolongée. Renouvelée trois fois de suite, l'expérience ne se démentit pas. Il n'y avait plus à en douter : une galerie semblait devoir exister derrière cette muraille.

On attaqua le roc avec la sonde, d'abord, puis à coups de pic, avec une énergie extrême, et à mesure qu'il se creusait, sous ces efforts répétés, la sonorité devenait de plus en plus remarquable.

Tout en donnant de sa personne, l'ingénieur réfléchissait. Sa tête bouillait. Si ce qu'il supposait allait se réaliser !...

Tout à coup, son pic, au lieu d'être arrêté sur la paroi, rencontra le vide et s'y enfonça. Ce ne fut pas sans peine qu'il le retira. En approchant sa lampe de mineur, il vit que la muraille était percée.

Élargir la crevasse n'était point chose difficile. Chacun s'y mit. A mesure que le trou s'élargissait, il semblait aux hommes que de l'air frais venait jusqu'à eux.

Enfin l'ouverture fut bientôt assez large pour donner passage à un homme.

L'ingénieur s'engagea le premier, la lampe à la main ; les autres le suivirent.

La galerie s'enfonçait horizontalement à travers la masse rocheuse. Ce n'était point un rêve : l'air y circulait. Ils le sentaient sur leurs visages couverts de sueur après une si rude besogne, et même l'ingénieur, qui marchait en avant, crut apercevoir un filet de lumière.

Le rayon s'élargissait au fur et à mesure. Bientôt ce fut une ouverture qui grandit, comme avait grandi le rayon, et quand l'ingénieur l'eut atteinte, il ne put retenir un cri de triomphe, en apercevant, à l'infini, à travers des broussailles entremêlées, l'étendue illimitée du llano.

CHAPITRE XVII

ENTRE CIEL ET TERRE

Le plan du gambusino était miraculeusement sim-
plifié.

La découverte du puits et de la galerie était venue tout
aplanir.

La descente extérieure dans le llano, réduite à cent
cinquante pieds, tout au plus, n'était plus en elle-même
véritablement périlleuse. Il n'y avait plus à craindre pour
Henry, si rien ne venait éveiller de ce côté la vigilance
des Apaches.

La nuit arrivée, comme on la désirait, ni trop sombre
ni tout à fait claire, était vraiment propice à une tentative
d'évasion. L'ingénieur, don Estevan, Robert Tresillian,
son fils Henry, le gambusino et quelques mineurs choisis

24

s'engagèrent dans la caverne, descendirent au fond du puits et pénétrèrent jusqu'à l'extrémité de la galerie qui s'ouvrait sur le vide.

Bien que tout se présentât à souhait, l'émotion était grande.

Le gambusino chercha dans l'ombre les mains d'Henry Tresillian et les étreignit de toutes ses forces.

« Señor, dit-il, il en est temps encore, laissez-moi partir, la nuit est favorable, et en supposant que votre cheval ne réponde pas à ma voix, j'aurai devant moi assez d'heures nocturnes pour que, le jour venu, je sois déjà hors de la vue de ces Coyoteros.

— Merci, señor Vicente, riposta le jeune homme, merci mille fois! mais je puis seul avoir la certitude de trouver en bas mon brave Crusader. Il ne répondra qu'à moi, et quand le jour se lèvera sur le llano, je serai, grâce à lui, beaucoup plus en avant sur la route d'Arispe qu'un homme à pied, cet homme fût-il vous. »

Le gambusino vit qu'il était inutile d'insister.

L'heure de la séparation était venue. Henry se jeta dans les bras de son père, puis dans ceux de don Estevan.

Il ne voulut pas prononcer le nom de Gertrudès. A ce moment décisif, rien ne devait amollir son courage. Le salut de tous ne dépendait-il pas de son sang-froid et de son énergie?

Une fois en bas, un coup de sifflet discret devait avertir ceux qui restaient à l'ouverture de la galerie qu'il était arrivé à bon port, et qu'il avait le sol du llano sous les pieds ; deux, qu'il était en péril et qu'il fallait le rehisser au plus vite.

La descente commença.

Ce fut avec des précautions infinies que les hommes laissèrent glisser la corde ; trop doucement, à l'estime du jeune homme impatient ; trop vite, au gré de ceux qui, à l'orifice de la galerie, sentaient qu'il s'en allait dans l'inconnu, et que chaque brasse de corde déroulée le rapprochait du péril, peut-être de la mort.

Enfin, Henry Tresillian toucha terre.

Son premier soin fut de prêter l'oreille. Sous le ciel étoilé qui enveloppait cette partie du désert de la Sonora, le silence était solennel.

Henry Tresillian fit alors entendre le signal annonçant qu'il était au terme de sa descente, et il se mit à marcher droit devant lui, dans la direction du point du llano où il avait vu Crusader.

Ce qu'il lui fallait, c'était atteindre son cheval, faire savoir à l'intelligent animal qu'il était là, lui, son maître, à sa recherche dans la solitude.

Une fois sur son dos, et pour s'écarter du camp des Indiens, il ferait un circuit et disparaîtrait comme l'éclair dans la direction d'Arispe.

Pendant qu'il s'éloignait ainsi, l'ingénieur déclara qu'il serait en mesure, s'il le fallait, d'éclairer la plaine sur les pas d'Henry, à une lieue de distance.

Le gambusino posa brusquement la main sur son bras.

« Gardez-vous-en bien ; cette lumière inattendue pourrait le trahir, encore plus que l'aider en ce moment. Ne
faisons rien qui puisse donner l'éveil aux Apaches, avant
qu'Henry soit hors de leur atteinte. »

Ces hommes, si réellement braves, retenaient leur respiration, pour mieux entendre; mais aucun bruit n'arrivait à leurs oreilles.

« Señores, dit le gambusino, ce silence même est la
preuve que don Henry n'est pas, pour l'instant, en danger. »

Un coup de sifflet, léger comme un souffle, mais mo-
dulé d'une certaine façon particulière à Henry, arriva
jusqu'à eux au même instant.

« Ou je me trompe fort, dit Pedro, ou le jeune homme
vient d'appeler l'attention de son Crusader. »

Dans le llano, Henry Tresillian se dirigeait vers l'ouest.
L'étoile polaire lui servait comme de point de repère.

Après avoir parcouru une distance de quatre cents
mètres environ, le jeune Anglais avait pensé, en effet,
qu'il était temps de se faire reconnaître de Crusader,
comme il avait l'habitude de le faire autrefois.

Si le cheval ne répondait pas à l'appel, c'était une chose
bien convenue, Henry Tresillian, après trois essais in-
fructueux, devait revenir sur ses pas, saisir la corde à
nœuds et regagner la galerie, à l'aide de ceux qui l'attendaient.

O bonheur ! dès son premier signal, le trot allongé
d'un cheval parvint bientôt à son oreille.

Crusader s'était senti averti, il n'y avait pas à s'y méprendre.

Henry Tresillian, avec moins de précaution que la première fois, donna un second coup de sifflet.

Quelques secondes après, il sentait, sur son visage, le souffle bruyant de Crusader.

Le noble animal, dans sa joie de retrouver son maître, posait la tête sur ses épaules, et le jeune Anglais, oubliant, pour un instant, que les moments étaient précieux, prenait cette tête dans ses deux mains et la baisait.

La reconnaissance était faite. Le cheval et le cavalier, sûrs l'un de l'autre, étaient prêts. Henry passa dans la bouche de Crusader son mors que Pedro avait eu la présence d'esprit de lui remettre, au moment où il allait opérer sa descente, ainsi qu'une couverture, et, d'un bond, il avait sauté sur le dos du vaillant animal qui s'élança comme une flèche.

Penché sur l'encolure de Crusader, Henry se sentait, avec ivresse, emporté dans une course effrénée. Sa poitrine dilatée aspirait l'air à pleins poumons.

Son père et ses amis, penchés sur le bord de la galerie, tendaient encore l'oreille et interrogeaient encore les moindres bruits du désert, que le gambusino ne doutait déjà plus du succès.

« Votre fils est à cheval, señor, dit-il à Robert Tresillian, j'en jurerais. Tenez, Crusader vient de hennir, et ce hennissement était joyeux. C'est signe qu'il a retrouvé son maître. »

Robert Tresillian, trop ému pour se rendre à ces raisons, s'efforçait encore, mais en vain, de percer du regard les ténèbres épaisses qui s'étendaient sur le llano.

A ce moment, le gambusino dit quelques mots à l'oreille de l'ingénieur.

Tout à coup, avec l'éclat fulgurant d'un jet de poudre, une fusée de lumière électrique éclaira, pendant quelques secondes, tout un angle de la plaine.

L'instant ne pouvait être mieux choisi.

Henry apparut soudain, à son père et à ses amis, comme dans un éclair. Monté sur Crusader, il volait sur la route d'Arispe.

Le jet de lumière lancé sur le llano n'avait eu que la durée d'une seconde, le temps de voir ce qui se passait dans un certain rayon, puis, tout était rentré dans l'ombre.

Les Indiens, quand bien même ils eussent aperçu quelque chose, n'auraient pas eu le temps de se rendre compte de ce qui n'eût pu être pour eux qu'un inexplicable phénomène. Le jet de la lumière était d'ailleurs dirigé du côté de la Montagne Perdue opposé à leur campement.

Mais cet éclair avait suffi pour rassurer le père et les amis du cavalier.

« Sauvé ! Henry est sauvé ! s'écria son père en s'essuyant les yeux.

— Et, à son tour, il nous sauvera ! dit le gambusino. Tous les atouts pour cette fois sont dans son jeu, et, par conséquent, dans le nôtre. »

HENRY APPARUT SOUDAIN, COMME DANS UN ÉCLAIR.

On ne dormit guère, cependant, cette nuit-là, sur le
plateau. Chacun des assiégés s'y livrait à une foule de
conjectures.

On avait la quasi-certitude qu'Henry Tresillian avait
pu s'échapper, mais cette certitude n'était pas encore
entière.

Il était bien parti : arriverait-il avec un égal bonheur à
Arispe?

Voilà ce que l'on se demandait sur le plateau, avec
l'acharnement que, dans la crainte d'une déception, des
hommes dont la position est presque désespérée mettent
parfois à voir tout en noir.

L'alternative de capture ou de délivrance était également discutée parmi les chefs.

Don Estevan était un peu troublé, malgré lui, par les
larmes de Gertrudès, qui avait usé tout son courage
avant le départ d'Henry.

Robert Tresillian faisait des efforts extraordinaires pour
paraître calme, mais le père était encore, sous ces dehors
impassibles, en proie à de terribles angoisses.

Seul, le gambusino faisait entendre le langage de la
raison.

« Señores, disait-il, nous sommes fondés à avoir plus
d'espoir que jamais. Don Henry court vers Arispe, il ne
trouvera point sur son chemin les sauvages qui se sont
dirigés vers le fleuve Horcasitas. Par conséquent, il n'a
rien à craindre des hommes. La faim? la soif? N'a-t-il
point ce qu'il lui faut de vivres et d'eau pour cinq jour-

nées! Donc, arrivé à Arispe, il verra le colonel Requeñes.
En sept jours, le colonel, à la tête de son régiment, doit
arriver jusqu'ici. C'est donc douze jours de patience qu'il
nous faut. De plus, ajouta-t-il en s'adressant plus particulièrement à Robert Tresillian, nous n'avons pas entendu
le moindre bruit qui puisse nous alarmèr, et les Coyoteros, vous le savez, ne sont pas hommes à faire des prisonniers sans pousser leurs sinistres hurlements. Je l'affirme, toutes les probabilités sont pour nous.

— Ainsi vous croyez qu'Henry est sauvé? murmura
Gertrudès.

— Señorita, répondit le gambusino, non seulement je
le crois, mais j'en jurerais. »

Les hommes éprouvés par le sort ne sont jamais à
court d'objections. En supposant Henry arrivé à Arispe,
sain et sauf, qui pouvait répondre du succès de sa
mission?

Le colonel Requeñes pouvait être absent d'Arispe, et,
qui sait? il n'était pas impossible qu'instruit des projets
des Indiens sur les établissements de l'Horcasitas, il ne
fût, à cette heure même, en campagne pour déjouer leurs
projets.

« Et quand cela serait? ripostait le gambusino, qui
avait réponse à tout, est-ce qu'on laisse tout à fait sans
garnison une ville située sur les confins du désert? Je sais
bien qu'à notre départ on parlait, à Arispe, d'une révolte
d'Indiens Yaquis, du côté de Guaymas. Et après? En supposant que le colonel Requeñes se soit mis en campagne

contre eux, il reste les habitants d'Arispe et les peones des haciendas des environs. Est-ce que je n'ai pas entendu dire à don Romero que le frère de la señora Villanneva peut armer trois cents peones et se défendre lui-même, dans son hacienda, en cas d'agression des Indiens ?

— Rien n'est plus vrai, Pedro Vicente, mais les peones ne sont pas des soldats.

— Que dites-vous là ? reprit le gambusino. Eh bien, supposez tout ce que vous voudrez de pire, et, à votre point de vue, c'est l'éloignement du colonel et de ses lanciers de Zacatecas ; pour moi, il est incontestable que don Romero, à la tête de ses peones, se jettera dans le llano, et c'est alors que nous-mêmes nous compterons pour quelque chose, puisque nous serons secourus par de solides cavaliers, au moins aussi bien montés que les Apaches. Ce moment arrivé, don Estevan, vous ne me verrez pas, je vous le jure, refuser de descendre et d'essayer, pour ma part, de découdre autant de ces bandits qu'il me restera à utiliser de charges de poudre. »

Il était impossible de ne pas se sentir réconforté par une telle confiance, alors surtout que l'homme qui l'exprimait ainsi s'était montré si prudent et si sensé jusqu'alors.

Mais à mesure que le temps passait, les encouragements donnés par Pedro Vicente, perdaient peu à peu de leur valeur, et le doute revenait, s'imposait à des hommes dont la faim commençait à diminuer non le courage, mais l'énergie et la force morale.

Alors, dans ces moments, les restrictions naissaient

d'elles-mêmes. Si Henry Tresillian avait échoué dans sa mission, ou bien si, pour une cause ou pour une autre, les secours n'arrivaient pas le douzième jour qui suivrait son évasion, il n'y aurait plus rien à manger sur le plateau, et, dès maintenant, il fallait, suivant l'énergique expression des mineurs, mâcher des pierres, pour tromper les tiraillements de l'estomac.

CHAPITRE XVIII

LE COLONEL REQUEÑES

Ainsi que l'avait conjecturé le gambusino, l'on s'occupait beaucoup de l'expédition à Arispe, où l'absence de toute nouvelle provoquait des appréhensions de plus en plus vives.

Le départ de la caravane enrôlée sous les ordres de don Estevan et de son associé Robert Tresillian y avait excité un grand intérêt et une certaine inquiétude. Mais la présence et le concours de Pedro Vicente, renommé, dans toute la province, pour son indomptable courage et sa connaissance approfondie du désert, avait rassuré les plus timorés.

Cependant, cet interminable silence commençait à paraître extraordinaire.

Don Estevan avait formellement promis d'envoyer des
courriers à Arispe, aussitôt après avoir atteint l'emplace-
ment de la mine dont le gambusino seul avait le secret.

Il y avait presque un mois que des nouvelles auraient
dû arriver, et rien n'était venu. Un silence de mort planait
donc sur le sort des mineurs.

Des courriers et des cavaliers envoyés par le colonel
Requeñas jusqu'à trois et quatre journées de marche
d'Arispe, mais qu'on n'avait pu renseigner sur le but
ignoré de l'expédition d'Estevan, étaient successivement revenus, non seulement sans nouvelles, mais sans
avoir pu recueillir le moindre indice du passage des
mineurs.

Le colonel des lanciers savait que les bandes d'Indiens
remuaient, en Sonora. Ses espions lui avaient appris
même que quelques établissements de l'Horcasitas, entre
autres le grand village de Nacomori, étaient ou pillés ou
menacés de pillage. Mais il savait aussi qu'il ne devait pas
compromettre les troupes qu'il commandait pour protéger
les entreprises particulières de pionniers qui, à leurs
risques et périls, et dans un intérêt privé, pénétraient
souvent au cœur des territoires des tribus indiennes,
avec plus d'audace que de prudence.

L'expérience de don Estevan lui était connue, et la
sûreté de coup d'œil du gambusino l'avait rassuré, pendant longtemps, au sujet de la caravane.

Mais ne pouvant tabler que sur des conjectures, il
n'osait prendre sur lui de commander une marche à l'aven-

ture, des troupes confiées à ses ordres, dans l'immensité
du désert.

C'est ce qu'il expliquait, un matin, à don Juliano Romero, un riche haciendero des environs d'Arispe, le propre
frère de la señora Villanueva, très troublé par l'absence de
nouvelles, et qui venait se renseigner près du chef de la
garnison d'Arispe.

« Ah! c'est vous, don Juliano, s'écria le colonel Requeñes, quand le riche haciendero eut été annoncé et intro-
duit par son aide de camp. Bien que l'on ne vous voie pas
souvent ici, señor, je n'ose dire : quel bon vent vous conduit aujourd'hui à Arispe, car je devine la cause de votre
présence.

— En effet, colonel, dit don Juliano, et je ne vous cache
pas que le sort de mon beau-frère me tourmente plus que
je ne saurais le dire. Il a dû lui arriver malheur; pour
moi, cela ne fait plus de doute; et chaque jour qui s'écoule
augmente mon angoisse. A la date où nous sommes, j'aimerais mieux, je vous jure, être instruit même d'une cata-
strophe, à laquelle on essayerait du moins de remédier,
que d'en être réduit aux suppositions. Et vous, savez-vous
quelque chose? Si oui, je vous en supplie, parlez vite.

— Je n'en sais pas plus que vous, répondit le colonel
Requeñes, et aujourd'hui je commence à désespérer. Depuis
quelques jours, je me suis imaginé tous les obstacles
qu'Estevan et ses hommes avaient pu rencontrer sur la
route : je me suis dit que la faim, la soif, la maladie peut-
être, avaient pu les retarder dans leur expédition en les

contraignant de se détourner de leur but, pour trouver de
l'eau et des vivres. Mais, ces obstacles-là, on en a raison,
avec de l'énergie et la connaissance du désert, comme la
possède le gambusino Pedro Vicente. Vous êtes un homme,
n'est-ce pas, don Juliano? Eh bien, laissez-moi vous dire
que je crains autre chose qui serait pire que tout cela.

— Quoi donc?

— Les Indiens, dit le colonel Requeñes.

— Les Indiens! riposta don Juliano; on peut les rencontrer certainement par bandes, dans la Sonora, mais ce
n'est pas une raison pour qu'ils attaquent une caravane
nombreuse et bien armée.

— C'est ce qui vous trompe, mon ami; une grande
effervescence règne dans les tribus des Apaches, depuis
ce barbare et impolitique massacre commandé par le capitaine Gil Perez; et les Indiens, qui jadis se contentaient
de battre l'estrade par petites troupes, aujourd'hui mar-
chent par nombreuses compagnies, sans autre mot d'ordre
que la vengeance. Je ne dis pas que don Estevan et les
siens soient tombés entre leurs mains, mais je soupçonne
qu'ils sont traqués, assiégés peut-être, et que, réduits à
la dernière extrémité, ils auront fini ou finiront par se
rendre.

— Pensez-vous sérieusement ce que vous me dites là,
colonel, reprit don Juliano au comble de l'inquiétude.
Ma sœur, ma nièce, au pouvoir de ces impitoyables bandits!...

— Tout n'est peut-être pas perdu, señor, dit le colonel

Requeñes. Je connais Villanueva, et je sais que, même surpris, il saura se défendre. Si je n'avais écouté que moi-même, il y a beaux jours déjà que je me serais lancé dans le désert. Mais, je vous le demande, ai-je le droit de découvrir Arispe et de disposer des troupes du gouvernement pour aller au loin porter secours à un intérêt particulier, sans même savoir si cet intérêt est en péril, et sur quel point au juste on pourrait l'aller défendre ?...

— L'entreprise d'Estevan, répondit don Juliano, a une importance exceptionnelle, et par son but, qui peut faire la fortune du pays, et par le nombre et la qualité des intérêts qu'elle représente. Vous n'aurez pas besoin, colonel, de laisser Arispe sans défense; mes peones sont à vous, armés et montés. Toutes mes dispositions sont prises, et je puis vous les amener aujourd'hui même.

— Quand on donne à une troupe l'ordre de se mettre en marche, señor, répondit le colonel, il faut savoir où la diriger. Je n'ignore que cela, mais je l'ignore. Vous le savez, Estevan lui-même, en partant, était loin de connaître exactement le lieu précis où le gambusino devait le conduire. Il n'était pas facile à celui-ci de le lui faire connaître verbalement; la carte de la Sonora est encore à faire. Il ne s'agit pas de le chercher à droite s'il est à gauche. La Sonora, c'est presque l'infini, et je ne sais rien par mes éclaireurs. Pour moi, il ne fait pas de doute qu'Estevan de Villanneva et les siens sont bloqués par les Indiens. Mais où ? Dites-le-moi, señor, et aussitôt je fais sonner le boute-selle, bien qu'il ne me soit pas prouvé que, surtout en cas d'insucces, le gouvernement m'approuvât de l'avoir fait. »

Don Juliano Romero demeura silencieux pendant quelques instants; puis, se redressant dans une attitude énergique :

« Colonel, dit-il, je comprends, je ne dirai pas vos hésitations, mais les scrupules qui s'opposent à ce que vous engagiez dans le désert, sans but précis, les hommes que vous avez sous vos ordres. Pour moi, il n'y a plus, maintenant, de considérations qui puissent me retenir, et, dès demain, je me mets en route avec mes peones, solidement équipés et armés. Tout est préférable à l'incertitude qui m'accable.

— Don Juliano, dit le colonel, vous avez raison. Quant à moi, si je ne puis lancer tout mon régiment dans une aventure, j'ai le droit et même le devoir de vous faire accompagner par deux ou trois escadrons. Vous protéger est un but précis dont je ne saurais décliner la responsabilité. — Cecilio, ajouta-t-il en s'adressant à son officier d'ordonnance, veuillez prévenir le major Garcia que j'ai à lui parler sur-le-champ.

Le jeune officier s'éloigna, mais il revint presque aussitôt.

Au même moment, une clameur inusitée montait de la place et retentissait jusque dans l'appartement du colonel Requeñs.

« Regardez, dit le jeune officier, vous attendiez des messagers, colonel, je crois en vérité qu'en voici un qui arrive, porté par la foule. »

SUR LA GRANDE PLACE D'AHISPE, UN JEUNE CAVALIER
S'AVANÇAIT.

Le colonel et don Juliano se précipitèrent aux fenêtres.

Sur la grande place d'Arispe, un jeune cavalier s'avançait, pâle, les traits fatigués, les vêtements en désordre, couvert de poussière. Son cheval, tout blanc d'écume, semblait à bout d'efforts.

Mais le cavalier qui sentait, sans doute, qu'une fois à terre ses forces l'abandonneraient, montrait, de la main, l'hôtel du commandant des forces d'Arispe.

Pour accomplir ce geste et donner cette indication, il avait relevé la tête.

Le colonel le reconnut, et serrant fébrilement le poignet de don Juliano :

« Par le ciel ! s'écria-t-il, ou mes yeux me trompent, ou ce cavalier n'est autre que le jeune Tresillian ! »

C'était bien lui, en effet, qui, après cinq jours et cinq nuits d'une course vertigineuse dans le désert, venait de pénétrer dans Arispe.

Le malheureux jeune homme n'en pouvait plus.

Depuis vingt-quatre heures, sa gourde étant vide et ses provisions disparues, il n'avait ni bu ni mangé.

Quand il aperçut le colonel à la fenêtre de son hôtel, tout ce qu'il put faire ce fut de tirer, de la poche de sa veste, le pli cacheté que lui avait confié Estevan de Villanneva, et de le tendre vers lui, avec un geste plus éloquent que toutes les paroles.

Le colonel, très ému lui-même, ainsi que don Juliano, lui ouvraient les bras.

26

Quelles nouvelles apportait Henry ? La caravane était-elle
saine et sauve ? Survivait-il seul à un complet désastre ?

Henry, toujours entouré par la foule, atteignit la porte
de l'hôtel, descendit de cheval et jeta la bride dans les
mains d'un lancier envoyé par le colonel Requeñes.

« Puis-je compter sur vous, dit-il, pour panser cette
noble bête.

— Comme sur vous-même, señor, répondit le soldat.
Le cheval avant le cavalier; c'est de droit. »

Henry Tresillian mit dans la main du lancier de quoi
l'encourager à bien faire, et pénétra dans la maison.

Le colonel et don Juliano accouraient au-devant de
lui.

« Ce sont de mauvaises nouvelles que vous apportez,
sans doute? demanda l'haciendero.

— Elles ne sont pas bonnes, en effet, répondit Henry;
mais vous les saurez mieux, señor, quand le colonel aura
pris connaissance de cette lettre, qui lui est adressée par
don Estevan.

Le colonel prit la lettre, brisa vivement le cachet et se
mit à lire à haute voix :

« Mon cher frère,

« Si le ciel permet que vous lisiez jamais ceci, c'est qu'il
nous aura pris en pitié; nous sommes dans une situation
extrêmement critique, et que chaque jour aggrave : assiégés
en plein désert par les Coyoteros, la plus cruelle de toutes

les tribus apaches. Le vaillant jeune homme qui vous
remettra ce pli vous donnera tous les détails de notre
situation, que le temps écoulé, depuis son départ, n'aura
fait que rendre plus difficile. Sachez seulement que notre
vie, à tous, dépend de vous seul, et que, faute de votre
aide, il ne nous reste plus qu'à mourir.

                                        « ESTEVAN. »

« Par tout ce que j'ai de plus cher au monde, nous les
sauverons, s'écria le colonel, s'il en est temps encore.
Êtes-vous prêt, jeune homme, à nous servir de guide? »

Il s'aperçut alors que le messager, épuisé de fatigue et
de besoin, était tombé sur un siège, presque inanimé, ne
donnant plus signe de vie, la tête inclinée sur l'épaule, et
les bras pendants.

Il pria son ordonnance de faire préparer, aussi promptement que possible, un repas réconfortant et fit avaler au
jeune Tresillian quelques gouttes d'eau-de-vie de France.
Celui-ci se remit peu à peu.

« Excusez-nous, señor, dit le colonel, mais la terrible
nouvelle que vous nous apportez nous a fait oublier l'état
de défaillance où vous êtes. De grâce, ne nous dites pas
un mot avant d'être tout à fait remis. »

En ce moment, un domestique entra, portant, sur un
plateau, quelques viandes froides et des fruits, avec un
flacon de vin généreux.

Henry Tresillian se mit à dévorer, le besoin étant le

plus fort; mais la première faim assouvie, il pensa que,
là-bas, sur la Montagne Perdue, la famine se montrait
menaçante, impitoyable. Et s'adressant au colonel
Requeñes :

« Señor colonel, dit-il, vous avez lu la lettre de don
Estevan, eh bien! si vous tenez à le sauver, lui et les
hommes qui l'accompagnent, il n'est que temps de
partir. Excusez-moi d'avoir autant tardé à prononcer ces
paroles. »

Le colonel, avec une bonhomie toute militaire, le
rassura :

« Mangez, jeune homme, dit-il; entre deux bouchées,
vous pourrez nous apprendre peu à peu ce que nous
avons besoin de savoir. D'ailleurs, il nous faut le temps
de faire les préparatifs nécessaires, et nous ne pouvons
partir avant l'aube de demain.

— Avant tout, interrompit don Juliano, où sont nos
amis?

— En sûreté relative, dit Henry, s'ils avaient des
vivres, mais toutes leurs ressources, à cette heure, doivent être épuisées, ou à peu près. Connaissez-vous,
señores, un point du désert que l'on nomme la Montagne
Perdue?

— Ce n'est pas la première fois que ce nom frappe mes
oreilles, dit le colonel Requeñes.

— Moi, je l'ai vue, poursuivit don Juliano. C'était
donc là le but secret vers lequel le gambusino vous gui-
dait? »

Henry Tresillian raconta alors ce qui était arrivé, la soif qui avait eu raison de la caravane, bêtes et gens, et la fortune que l'expédition avait eue d'arriver à temps au lac et à la Montagne Perdue, et de pouvoir s'y réfugier, grâce au gambusino, au moment même où, pendant que les hommes et le bétail se désaltéraient, la présence des Indiens avait été signalée, et en tel nombre, qu'il n'y avait pas eu lieu de songer à se défendre en plaine.

« Quelles peuvent être les forces des Coyoteros ? demanda le colonel?

— Cinq cents hommes environ, répondit Henry, mais, selon toute apparence, ils sont rejoints, à cette heure, par une autre bande, de près de deux cents cavaliers, qui a dû faire une excursion sur les rives de l'Horcasitas, attirée, au dire de Pedro Vicente, par l'espoir d'y piller quelque établissement avancé et trop peu sur ses gardes.

— Ce n'est que trop vrai! dit le colonel. Ces maudits se jettent, depuis quelque temps, sur des colons trop audacieux que nos conseils n'arrêtent pas et ne détournent pas de téméraires entreprises. Nous leur enverrons néanmoins du secours, sans plus tarder. — Tout ce que je vois de plus clair, ajouta-t-il, en ce qui concerne Estevan, c'est que la situation réclame une expédition en règle, et que vos peones ne seront pas de trop, don Juliano. — Avez-vous la certitude, señor Tresillian, de pouvoir nous guider par le plus court? Nous n'avons pas un instant à perdre. »

Le jeune Anglais eut un sourire :

« Señor colonel, dit-il, j'ai mis cinq jours à venir, en
droite ligne, de la Montagne Perdue, à travers des obstacles que je reconnaîtrai, qui seraient insurmontables
pour une troupe, et que nous tournerons. Si, dans sept
jours, nous n'apercevons pas le drapeau mexicain flottant
au sommet de la Montagne Perdue, c'est à moi qu'il
faudra vous en prendre.

— C'est bon, dit le colonel, et je vous remercie. Votre
père, señor, doit être fier, et à bon droit, d'avoir un tel
fils. Maintenant, ajouta-t-il en s'adressant à don Juliano,
réunissez deux cents de vos plus solides peones, et rejoi-
gnons-nous tous, au lever du jour, en dehors d'Arispe.

— Comptez sur moi, » dit don Juliano Romero.

Et il s'éloigna d'un pas rapide.

L'hacienda qu'il exploitait, se trouvait à une certaine
distance de la ville, et, pour réunir ses hommes à l'heure
indiquée, il lui fallait faire diligence.

Le colonel, quand l'haciendero eut disparu, fit mander
l'officier de garde et lui donna l'ordre de rassembler, aussi
promptement que possible, l'état-major du régiment des
lanciers de Zacatecas.

Cela ne fut ni difficile ni long.

Le bruit de l'arrivée du jeune Anglais s'était bientôt
répandu dans la ville, et faisait l'objet de toutes les conversations.

Cette apparition du jeune messager sur un cheval à
moitié fourbu fit travailler les imaginations, et, comme
cela arrive fréquemment, on avait deviné à peu près juste.

Le nom de la Montagne Perdue avait même circulé dans la foule, et, avec la rapidité d'une traînée de poudre allumée, la nouvelle s'était répandue que la caravane de Villanueva et de Tresillian se trouvait presque à la merci des sauvages si, à cette heure, elle n'était pas en leur pouvoir.

Le cri : « Les Indiens ! les Indiens ! » répété, de proche en proche, se répandit par toute la ville, et quand sonna, dans tous les carrefours d'Arispe, la trompette des lanciers de Zacatecas, nul n'ignorait que le régiment allait se lancer dans le désert

D'aucuns même s'imaginaient, en présence du tumulte, que les Apaches menaçaient la ville.

Nul ne reposa, cette nuit-là, dans Arispe, et quand, dès les premières lueurs du matin, les lanciers du colonel Requeñes s'ébranlèrent sur la grande place, le jeune Tresillian en tête, aux côtés du colonel, ce furent des acclamations à n'en plus finir.

Tous les escadrons, admirablement armés, montés et équipés, défilèrent devant leur chef, avant d'entreprendre leur longue route dans le désert. Puis les bagages suivirent : chariots chargés de vivres, d'eau et de fourrages, voitures d'ambulance pour les blessés.

A une certaine distance d'Arispe, don Juliano Romero et ses deux cents peones, dans leurs pittoresques costumes de vaqueros et de rancheros, rejoignirent la colonne des soldats réguliers au milieu de laquelle roulaient quelques pièces d'artillerie.

L'haciendera prit la tête de la colonne, en compagnie du colonel Requeños, d'Henry Tresillian, qu'une nuit bien employée semblait avoir remis de ses fatigues, et des principaux officiers du régiment, et toute la troupe s'ébranla, d'un bon pas, dans la direction de la Montagne Perdue.

CHAPITRE XIX

UN EXPLOIT IN EXTREMIS

Le dixième jour après le départ du messager, les hôtes forcés de la Montagne Perdue, en proie à la faim et à toutes les idées noires qu'elle suscite, furent les témoins d'un spectacle bien fait pour ajouter à leurs tourments.

Dans l'après-midi, ils virent poindre, à l'horizon, une longue file de cavaliers qu'ils reconnurent pour des sauvages.

C'étaient les Coyoteros qui revenaient de leur expédition sur les rives de l'Horcasitas.

A mesure qu'ils avançaient, lentement, car chacun des cavaliers était lourdement chargé de butin, les angoisses des Mexicains augmentaient.

Les habitants d'une ville assiégée, tant qu'ils ont des

27

vivres, ne songent jamais à une issue funeste. Le bombar-
dement n'épouvante point comme la disette. Mais, quand
la faim apparaît, hâve et décharnée, adieu l'énergie !
C'est l'heure des idées sombres et que rien ne rasséré-
nera plus.

Les Coyoteros survenants, très au fait de la situation,
se dirigèrent, dans le llano, de façon à passer le plus près
possible de la Montagne Perdue, tout en se tenant hors de
la portée des fusils et des carabines des assiégés.

Peu à peu, leur file s'allongea sur le llano, s'agrandit,
et leurs clameurs arrivèrent bientôt jusqu'aux oreilles des
Mexicains, clameurs de bravade et de triomphe.

Entre deux pelotons de cavaliers, des prisonniers blancs
marchaient, liés deux à deux, les vêtements en lambeaux,
déchirés par les coups, les pieds saignants. Quant aux
femmes, la plupart des cavaliers apaches en tenaient une
en travers de leur monture.

Derrière, suivait le butin, consistant en bétail, que
quelques sauvages malmenaient en galopant sur les
flancs du troupeau.

Et ce qui produisait au haut de la Montagne Perdue
une impression lugubre, à mesure que la bande approchait, c'étaient les plaintes des prisonniers qu'ils entendaient, parfois, à travers les hurlements des sauvages en
délire et presque tous ivres.

Dans le pillage de l'établissement qu'ils venaient d'incendier et de détruire, ils avaient découvert des fûts
d'*aguardiente* auxquels ils avaient livré de rudes assauts,

tout le long de leur route, de sorte que leur cortège ressemblait à une sarabande de démons.

Dans la disposition d'esprit où se trouvaient les assiégés, ce spectacle ne pouvait manquer de produire sur eux une impression funèbre.

Dix jours s'étaient écoulés, et au lieu des secours attendus, espérés du moins, voilà ce qu'ils voyaient : des prisonniers qu'on leur montrait et qu'on maltraitait avec affectation, comme pour leur indiquer le sort qui les attendait.

Pedro Vicente, plus robuste et plus habitué aux privations que les mineurs, ne sut cependant se contenir. Debout sur le bord du plateau, il invectivait les Apaches qui défilaient, faisant avec outrecuidance caracoler leurs mustangs sous les yeux des assiégés.

La señora Villanueva et sa fille Gertrudès ne se montraient plus hors de la tente. Eh quoi ! malgré leurs prières ardentes et répétées, rien n'apparaissait du côté du sud ? pas le moindre indice ? Portées, plus que les hommes encore, à mettre tout au pire, elles pensaient qu'Henry Tresillian n'avait pu franchir la distance qui séparait la Montagne Perdue d'Arispe, et que, s'il n'avait pas été surpris par une bande de coureurs apaches, il avait succombé, d'une façon ou d'une autre, aux prises avec un de ces mille dangers que le désert tient en réserve, à chaque pas pour ainsi dire, de sa vaste étendue.

C'était en vain que le gambusino leur expliquait qu'une troupe armée ne traverse pas le désert, avec tous ses

bagages, comme un cavalier seul, monté sur une bête
infatigable, et qu'il n'y avait pas encore de temps perdu.
Cette espèce de fantasia exécutée par les Coyoteros en vue
des assiégés, portait leur exaspération et leur découragement au comble.

Le ressort de l'énergie se brisait, et l'on ne disait plus
sur le plateau : Que faire ? mais : Combien de temps encore
avant d'en finir ?

Cependant, derrière le parapet et sur le plateau, les
mines étaient creusées. C'était le gambusino lui-même
qui s'était chargé de les allumer au moment voulu, alors
que, après une sortie, on aurait réussi à attirer les sauvages sur le terrain miné à leur intention.

Don Estevan, si calme et si brave jusqu'alors, commençait à désespérer lui-même, et montrait à Pedro
Vicente la mèche qui communiquait avec la mine :

« Voilà notre dernier secours, disait-il, et le plus tôt
sera le mieux.

— Don Estevan, répliquait presque durement le gambusino, je ne vous reconnais plus. »

Et se tournant vers Tresillian :

« Penseriez-vous donc, vous aussi, que l'heure du
désespoir ait sonné ?

— Je pense, répondit l'Anglais, que je suis prêt à tout,
mais qu'avant de mourir il nous faut une vengeance
éclatante.

— Nous nous vengerons, et il ne manquera rien à la
fête, soyez-en sûr, riposta le gambusino ; tout est prêt,

et nous sommes maîtres de leur vie, aussi bien que de la
nôtre. »

Après avoir défilé aussi lentement que possible en vue
de la Montagne Perdue, toute la bande nouvelle des
Indiens avait gagné le campement du Zopilote, où elle
avait été accueillie toute la soirée par des clameurs
enthousiastes.

A la nuit, les Coyoteros allumèrent de grands feux, et
le silence du désert ne fut plus troublé que par les cris
gutturaux des sentinelles.

Sur le plateau, la plupart des hommes dormaient. Seuls,
les chefs veillaient, en compagnie d'une douzaine
d'hommes robustes et énergiques, dont la confiance dans
le succès d'Henry Tresillian ne se démentait pas, et qui
jugeaient qu'il fallait tenir quand même, sans avoir
recours encore aux moyens d'extermination préparés.

Deux d'entre eux, la nuit précédente, avaient accompli un de ces actes d'incroyable audace, qui sont presque
en dehors de ce que l'on est convenu d'appeler le courage humain.

C'étaient deux amis d'Anguez et de Barral, les deux
martyrs de la première tentative d'évasion.

Ayant remarqué que les sentinelles indiennes étaient
postées deux par deux, de distance en distance autour de
la base du rocher, et que les deux dernières, plus isolées,
pourraient être abordées, si l'on pouvait descendre du
plateau par la voie qu'avait prise Henry, ils avaient résolu de venger le supplice de leurs deux camarades sur

ces deux dernières sentinelles, dès que la nuit serait
venue.

Pour cela, ils avaient projeté de se faire descendre
secrètement sur le llano par les trois mineurs au courant
de la manœuvre, tout le long du chemin suivi naguère
par le jeune Tresillian. Une fois là, leur idée était de
contourner la Montagne Perdue en se collant pour ainsi
dire à ses parois, de ramper en silence, le poignard entre
les dents, pour n'avoir plus qu'à saisir chacun son homme
au moment voulu, sans bruit, et sans perdre un instant.
L'issue dépendait de la rapidité de l'exécution.

Ils avaient certes toutes les chances d'être surpris et
de trouver une mort certaine dans cette entreprise.

Mais mourir pour mourir, cette mort en valait une
autre, et, d'ailleurs, n'étaient-ils pas maîtres, en cas
d'échec, de se brûler la cervelle ?

Tout se passa comme ils l'avaient résolu. Avec une
adresse sans pareille, ils avaient atteint les deux sentinelles indiennes les plus à leur portée, leur avaient, suivant leur programme, planté leur couteau dans la poitrine jusqu'au manche, sans qu'elles eussent pu pousser
un cri ; puis, reprenant leur route en sens inverse, ils
s'étaient fait rehisser sur le plateau.

Aux premières lueurs du jour, les assiégés avaient pu
voir les deux sentinelles, couchées sur le dos, avec l'immo
bilité des cadavres, entourées d'un groupe de sauvages,
à la fois furieux et stupéfaits de cet inexplicable incident.

Instruit bientôt par les cris des sauvages de ce qui

XIX

venait de se passer, Estevan n'eut pas le courage de
sévir contre cet acte d'héroïque indiscipline. Il fei-
gnit, ainsi que les autres chefs, de l'ignorer, mais il
aurait serré de bon cœur la main des deux téméraires. Il
pria le gambusino d'empêcher que toute autre tentative de
ce genre se renouvelât, en faisant comprendre à ses
auteurs qu'elle pouvait avoir pour effet de faire découvrir
par les Apaches le chemin qu'ils avaient pris.

Agnuez et Barral étaient vengés. L'exploit était accompli, mais la situation n'était pas changée.

C'étaient deux Indiens de moins, et voilà tout. Il en
restait assez pour les remplacer et pour réduire les défenseurs de la forteresse, si les secours n'arrivaient pas.

La onzième journée se passa avec la même monotonie
et plus d'inquiétudes encore que les précédentes.

Seulement, à mesure que l'on approchait de la limite
approximativement calculée pour l'arrivée du secours,
les alternatives d'espérances et de désillusions devenaient
plus intolérables.

L'ignorance où Robert Tresillian était du sort de son
fils, les suppositions sinistres que cette ignorance faisait
naître dans son esprit et dans celui de ses compagnons,
finissaient par pousser leur impatience et leur colère
jusqu'au paroxysme, et chacun proposait les plans les
plus impossibles.

Seul, le gambusino conservait son inaltérable sang-froid,
et tenait bon contre tous.

« L'heure du découragement, l'heure du désespoir,

l'heure du dénouement n'a pas encore sonné, disait-il.
Qui nous dit que le secours, que la délivrance ne sont
pas proches? Il faut laisser aux choses le temps moral de
s'accomplir. Jeter le manche après la cognée, avant d'avoir
attendu le temps nécessaire serait de la folie. En somme,
les libérateurs, s'ils sont en marche, ce dont je ne doute
pas, pour ma part, peuvent se trouver en présence d'obstacles imprévus, et l'on ne fait pas marcher un régiment
avec la rapidité d'une escouade. Si, au bout, non pas
de douze jours, mais de quatorze, rien n'est survenu du
côté d'Arispe, eh bien oui, alors, mais alors seulement,
le moment sera venu de nous faire sauter avec nos agresseurs. Nous voyez-vous ayant prématurément perdu la
tête et réservant à Henry pour toute récompense, à son
retour, le seul spectacle de nos cadavres mêlés à ceux de
nos vainqueurs? Señores, si la patience est le plus difficile
des courages, c'est aussi, dans notre position, le plus
indispensable. D'ailleurs, vingt-quatre, quarante-huit
heures même de latitude données à nos prévisions, sont
à coup sûr le moindre des délais que puisse exiger de
nous la raison. »

Le gambusino parlait d'or, et ceux auxquels il adressait
ces sages paroles n'en eussent pas douté, s'ils eussent vu
ce qui se passait dans le llano, à une vingtaine de milles
de la Montagne Perdue, et s'ils eussent entendu ce qui
s'y disait.

CHAPITRE XX

« Alors, cet amas de rochers, cette citadelle de granit
que nous apercevons au loin, est bien la Montagne Perdue?
demanda le colonel Requeñes à Henry Tresillian.

— Elle-même, colonel, répondit le jeune Anglais, qui
marchait à côté du colonel, et servait de guide au régiment
des lanciers de Zacatecas.

— Enfin ! dit le colonel avec un soupir de soulagement.
Savez-vous, jeune homme, que je commençais à désespérer ? Mais dites-moi, vous qui avez déjà accompli ce
voyage, quelle distance, à votre estime, nous en sépare ?
Je parierais volontiers pour une vingtaine de milles.

— Et vous auriez raison, colonel. Quand nous sommes
passés ici (je reconnais l'endroit à ce palmier-nain, sur

28

l'écorce duquel le gambusino Pedro Vicente a gravé son
nom), — il me souvient de lui avoir entendu dire qu'une
distance de vingt milles nous séparait du pied de la montagne. »

Derrière les deux interlocuteurs, le régiment des lanciers s'avançait en bon ordre.

Un peu plus loin, les peones de don Juliano Romero
marchaient dans une disposition moins régulière, mais
les hommes étaient vigoureux, cavaliers accomplis, et
l'ardeur la plus mâle se lisait sur leurs visages.

L'artillerie légère suivait, attelée de chevaux solides, et
roulant sans bruit sur le sable du llano.

Enfin, un dernier escadron de lanciers chevauchait à
une certaine distance, formant l'arrière-garde.

Malgré les obstacles ou plutôt les difficultés qui s'opposent à la marche d'une colonne nombreuse, la troupe du
colonel Requeñes avait fait diligence.

Mais arriverait-elle à temps ? C'est ce que se demandaient le colonel et Henry.

La Montagne Perdue apparaissait à l'horizon, mais la
distance était trop grande encore pour que la petite armée
pût apercevoir déjà le camp des Indiens.

« Jeune homme, dit le colonel en s'adressant à Henry
Tresillian, nous voici presque au but de notre expédition,
et c'est à vous que nous en sommes redevables. Mais
depuis l'heure de notre départ d'Arispe, je n'ai pas res-
senti une impression aussi douloureuse que celle qui me
saisit en ce moment.

— A quoi pensez-vous donc, colonel, demanda don Juliano, qui les rejoignait au même instant ; est-ce que nous ne touchons pas à l'heure de la délivrance ?

— Qui sait ? dit tristement le colonel Requeñes.

— Comment ! qui sait ? Que dites-vous là, colonel ? Redouteriez-vous de ne pas venir à bout de ces chiens d'Indiens ?

— Ce n'est pas cela que je crains, riposta Requeñes. Mais répondez à cette question que depuis quelques heures je me pose, don Juliano : Avez-vous la certitude que nos amis sont à cette heure encore sur le plateau de la montagne ? Affirmeriez-vous qu'ils n'ont pas été obligés de se rendre ?

— Je l'affirme, señor, riposta vivement Henry Tresillian.

— Vous l'affirmez, mon jeune ami, dit doucement le colonel, mais qu'en pouvez-vous savoir ? Onze jours nous séparent de votre évasion, et, vous nous l'avez dit vous-même, la situation était alors presque désespérée.

— Voulez-vous me permettre, colonel, reprit Henry Tresillian, de vous emprunter votre longue-vue ?

— Volontiers, répondit le colonel Requeñes, mais la distance est trop grande pour que vous aperceviez les défenseurs, alors même qu'ils se trouveraient encore sur la Montagne Perdue.

— Aussi bien, dit Henry, ce n'est pas cela que je cherche.

— Alors, que cherchez-vous ? » dirent ensemble le colonel et don Juliano.

Henry Tresillian, la longue-vue rivée aux yeux, ne répondit pas. Il interrogeait l'horizon fermé par la montagne, avec une inquiétude extrême.

Soudain, il jeta une exclamation d'allégresse, et, passant la longue-vue au colonel Requeñes :

« Dieu soit loué ! s'écria-t-il, ils sont encore là.

— Comment le savez-vous ? demanda le colonel. Qui peut vous fournir, d'ici, le moindre indice de leur présence ?

— Regardez à droite, colonel ; au plus haut de la montagne, ne voyez-vous pas quelque chose comme un trait se détachant sur le ciel ? Eh bien, c'est le drapeau national du Mexique que don Estevan avait fait hisser sur le point le plus élevé du plateau. Il y est encore, tenez, là, à droite, au bord même de la montagne. Ce ne serait rien qu'une raie dans l'espace, pour d'autres. Pour moi, ce rien, c'est lui. Or, il était convenu, avec don Estevan, que le drapeau ne cesserait de flotter que si l'on était obligé d'abandonner la montagne.

— Par le ciel, vous dites vrai, jeune homme ! et je ne sais si c'est une illusion, mais il me semble distinguer jusqu'à l'aigle qui apparaît d'ici comme un point surmontant un I. Ah ! nous ne sommes donc pas arrivés trop tard pour sauver nos amis, et il nous sera enfin donné de châtier ces pirates de la Sonora. »

Instantanément, la nouvelle se répandit dans toute la troupe, depuis les premiers rangs jusqu'à l'arrière-garde.

DIEU SOIT LOUÉ! S'ÉCRIA-T-IL, ILS SONT ENCORE LA.

Ce fut un enthousiasme général.

Ce n'était pas en pure perte qu'on avait fait tant de chemin dans le désert et sous un soleil implacable.

D'instinct, le mouvement en avant s'était accéléré.

Un frémissement belliqueux circulait dans tous les rangs. Tout en marchant, chacun visitait ses armes, inspectait la batterie de son revolver et faisait jouer les sabres et les poignards dans leurs gaines et dans leurs fourreaux.

Ceci se passait vers la moitié du onzième jour, et sur le plateau de la Montagne Perdue, l'angoisse avait atteint son paroxysme.

Le colonel Requeños, homme de grande expérience, ne faisait rien à la légère. Il allait d'un escadron à l'autre, et tout en inspectant ses hommes, il consultait les principaux officiers sous ses ordres, afin de s'éclairer sur leurs dispositions.

Après avoir pris l'avis de chacun en particulier, il les réunit dans une courte halte et leur demanda s'il ne leur paraîtrait pas possible, dès qu'on arriverait à portée de canon, de commencer l'attaque par l'artillerie.

Il abondait ainsi dans le sens de la plupart de ceux qu'il avait interrogés et qui lui avaient paru un peu trop pressés d'agir; mais il ne voulait sans doute pas se charger lui-même de modérer leur ardeur, car s'adressant à son major qui, jusque-là, n'avait pas donné son avis, il le somma de s'expliquer.

Le major, un vieux soldat, blanchi sous le harnais, et

que trente ans d'expérience avaient familiarisé avec ces
sortes de guerres, ne fit pas attendre sa réponse.

« Colonel, dit-il, n'oubliez point que ces Apaches, dont
vous venez d'apercevoir les tentes à l'aide de votre longue-
vue, ne se doutent pas encore de notre arrivée, et que,
pour les écraser d'un coup, avec le moins de perte possible,
mieux vaudrait les surprendre que les avertir à coups de
canon qu'ils vont nous avoir à leurs trousses. Il me sem-
blerait plus sage de ne tomber sur eux qu'après les avoir
enveloppés, sans qu'ils aient pu se douter de notre approche
ni soupçonner les mesures prises par nous pour leur couper toute retraite.

— Messieurs, dit le colonel Requeñes en s'adressant à
ses officiers, je crois qu'à tout bien examiner le conseil du
major est bon et que nous ferons bien de nous y rallier. Il
n'a qu'un inconvénient, il me semble, celui de retarder de
quelques heures notre attaque. Mais qu'importe, si ce retard doit en assurer le résultat?

— Le colonel m'a bien compris, reprit le vieux soldat ;
je suis aussi pressé qu'un autre, mais nous manœuvrerons
bien plus sûrement quand la nuit sera tombée. D'ici là, et
pendant que le jour permet de s'orienter, disposons nos
hommes par détachements, de façon à former un demi-
cercle, dont les deux extrémités viendront se fermer sur la
Montagne Perdue. Les Apaches, ainsi entourés, n'auront
même pas la ressource de la fuite, et nous les prendrons
comme dans une souricière. »

Tout le monde applaudit au petit discours du major, et

le colonel, ravi d'avoir obtenu ce que, secrètement, il avait
désiré, se chargea de la conclusion.

« Il importe dès maintenant, dit-il, que nous ne fas-
sions pas un pas de plus. D'ailleurs, les quelques heures
de repos que nous allons prendre doubleront la force de
nos hommes et de nos chevaux. »

Henry lui-même, malgré sa hâte, plus grande encore
que celle des autres, on le comprend, se rendit à d'aussi
bonnes raisons.

Sur l'ordre du colonel, les officiers vinrent aussitôt, au
galop de leurs montures, se grouper à quelque distance en
avant du front des troupes. Chaque chef d'escadron reçut
les instructions nécessaires, et le régiment des lanciers de
Zacatecas se déploya en un demi-cercle dont le rayon devait s'amoindrir à mesure qu'on se rapprocherait de la
Montagne Perdue.

Le mouvement devait commencer à s'effectuer à la nuit
tombante.

D'après les évaluations d'Henry Tresillian, interrogé par
le colonel Requeños, il était permis, nous l'avons dit, de
porter à cinq cents environ le nombre des Coyoteros. En
cas de retour de l'expédition partie pour les établissements
de l'Horcasitas, retour qui avait pu s'effectuer depuis son
départ, il pouvait y avoir de six à sept cents sauvages au
pied de la montagne.

Nombre égal de part et d'autre, donc victoire sûre, complète même, surtout si les hôtes du plateau pouvaient
prendre part à la bataille et décimer, d'en haut, la masse

des sauvages, que lanciers et peones allaient bientôt enfermer dans un cercle de fer et refouler, la lance et le sabre
dans les reins, jusqu'au pied du ravin.

Dans les rangs des soldats mexicains et parmi les peones
de don Juliano, ce fut avec une sorte de fièvre qu'on attendit les ombres de la nuit.

CHAPITRE XXI

BATAILLE ET DÉLIVRANCE

Sur le plateau, au déclin de ce même jour, et presque à l'heure même où ce qui précède se passait entre le colonel des lanciers et son état-major, les hôtes de la Montagne Perdue se livraient à de tristes pensées.

Pour la plupart, maintenant, il n'y avait plus de doute; le courageux messager avait succombé dans le désert, et la garnison d'Arispe, ignorante des terribles secrets du llano, ne songeait même pas, faute d'avis, à venir délivrer les mineurs.

Malgré cela, don Estevan de Villanneva, Robert Tresillian, l'ingénieur et le gambusino Pedro Vicente ne cessaient d'interroger l'horizon du sud.

C'est par là que les secours devaient venir; c'est par là

29

qu'ils les attendaient, mais avec des espérances de plus en
plus affaiblies.

« Le soleil descend sur l'horizon, dit don Estevan, et si
nos amis n'arrivent pas aujourd'hui, nous n'avons plus
qu'à vendre chèrement notre vie, car la position n'est plus
tenable. A une demi-ration près, qui ne pourrait servir
qu'à prolonger d'un jour à peine nos souffrances, les vivres
sont épuisés, et bientôt nous verrons les femmes et les enfants exténués mourir de faim.

— Nous en avons enterré trois aujourd'hui, dit doulou-
reusement Robert Tresillian, que l'excès de nourriture n'a
certes pas tués... »

Et il ajouta :

« Je ne les plains pas. Cela vaut mieux, pour eux, que
de servir de pâture aux coyotes et aux vautours, comme
cela pourra bien nous arriver, à nous... »

Le gumbusino, bien qu'affaibli, lui aussi, par les privations, tressaillit à ces paroles, et ce fut d'un accent presque
irrité qu'il s'exprima :

« Non, s'écria-t-il, cent fois non ! Nous n'avons pas encore le droit de dire que ce que vous redoutez soit arrivé,
señor. Henry n'a pas succombé ; rien ne nous autorise à
douter du succès de sa tâche. Voilà dix jours que je me
tue à vous le prouver, et vous ne voulez pas m'entendre.

— Que voulez-vous que j'entende, reprit Robert Tresillian, en présence de cette morne et muette étendue, où
mon fils... »

Et, du geste, il indiquait l'horizon méridional.

« L'impassibilité de ce désert me tue, continua-t-il, señor Vicente, et quoi que vous disiez maintenant, si don
Estevan partage mon avis, nous descendrons, et nous nous
lancerons, à corps perdu, sur le campement du Zopilote. »

Don Estevan prononça, d'une voix résolue, ces quelques
mots :

« Tresillian est dans le vrai. Je crains que vous ne soyez
dans le rêve, vous, Pedro Vicente. Si nous attendons de
ne plus avoir la moindre force dans les bras, ces bandits
nous tueront comme des enfants sans défense. Pour
ma part, je déclare que je préfère tout à cette situation
sans issue. »

Le gambusino frappa du pied le roc, sans répondre. De
tous les assiégés, il était le seul, avec l'ingénieur, à ne pas
désespérer encore.

Son calcul était celui-ci : cinq jours à Henry Tresillian
pour gagner Arispe ; sept jours aux troupes du colonel
Requeñes pour parcourir, en sens inverse, la même distance. Un jour de retard pour les éventualités, un jour, et
c'était bien peu !

Mais, dans le délire de l'attente, non seulement nul ne
voulait admettre ce retard, si naturel cependant, mais le
onzième jour n'était pas encore écoulé que les plus raisonnables mettaient tout au pis.

Le gambusino, voyant qu'il n'y avait pas à espérer les
convaincre, voulut composer :

« Don Estevan, dit-il, si demain, à la même heure,
nous n'avons rien aperçu là-bas, — et il étendait le bras

vers le sud, — commandez, et je suivrai vos ordres, quels qu'ils soient, mais, de grâce, accordez-moi jusqu'à demain.

— Demain, murmura Robert Tresillian, toujours demain ! Mais demain, nos mineurs seront hors d'état de porter leurs armes, de faire un pas peut-être. Savez-vous ce que disaient, il y a deux heures, les deux hommes intrépides qui, au péril de leur vie, ont vengé Anguez et Barral : « Si demain il n'y a rien de nouveau, nous recommencerons, mais cette fois, ce sera pour aller chercher en bas notre dîner. » Si vous voulez m'en croire, Villanneva, aussitôt que la nuit sera venue, vous donnerez l'ordre à l'ingénieur de canonner le camp des sauvages. Ce sera le signal, pour nous, de mourir, mais au moins de mourir en braves, les armes à la main.

— Je donne deux heures encore, sans une minute de plus, aux illusions de Pedro Vicente. Ces deux heures révolues, je serai prêt, Robert, » répondit Estevan, d'un ton qui n'admettait pas de réplique.

Le gambusino se tut.

Le soleil, en ce moment, touchait presque, de l'extrémite inférieure de son disque agrandi, les bords lointains du llano.

Le gambusino était monté sur une des hautes et larges roches du parapet, qui lui servait parfois d'observatoire.

Au milieu de cet embrasement de l'horizon, il lui sembla voir briller, au loin, un reflet métallique, et, braquant la longue-vue sur le foyer même de la lumière solaire, immobile, ferme comme un tronc d'arbre, il demeura dans cette attitude pendant quelques secondes, sans jeter une exclamation, sans prononcer une parole. Puis, tout à coup, pliant les genoux pour se mettre à la portée d'Estevan, il lui tendit la longue-vue, et celui-ci remarqua deux grosses larmes qui roulaient sur ses joues bronzées.

« Quoi donc, demanda-t-il, qu'avez-vous, Pedro Vicente ? Que signifient ces larmes ? »

Le gambusino passa la main sur ses paupières, et, indiquant, du geste, le disque, amoindri de moitié déjà, du soleil couchant, il dit, d'une voix presque étranglée :

« Vous ne direz pas, cette fois, que je rêve : les voilà !...

— Les voilà, qui ? Que voyez-vous, que croyez-vous voir là-bas, señor gambusino ?

— Je vois des armes qui reluisent, aux derniers feux du jour, dit-il d'une voix profondément émue; et à qui appartiendraient-elles, sinon aux lanciers du colonel Requeñes ? »

L'émotion était à son comble. Tout le monde avait pris place à côté du gambusino; la longue-vue, en quelques instants, passa de la main d'Estevan dans toutes les mains; et quand le soleil plongea derrière l'horizon, comme dans un abîme, il n'y avait plus de doute pour personne sur le plateau : les réguliers mexicains étaient là, à quelques milles, tout prêts à fondre sur la bande des Coyoteros.

Robert Tresillian cherchait à percer, du regard, les

ombres de la nuit qui s'épaississaient rapidement, et le gambusino, devinant son idée :

« Si Henry n'était pas là, personne n'y serait, lui dit-il. Bravo, bravo jeune homme ! Vous me rendrez cette justice, señor, que je n'ai pas douté de lui un seul instant. »

Sur le plateau, comme sur le pont d'un navire désemparé, où l'espoir renaît à l'aspect d'une voile entrevue dans le lointain, les mineurs s'embrassaient.

On oubliait les jours de misère; on oubliait la faim. Les secours n'étaient-ils pas en vue ?

On tint conseil aussitôt : fallait-il donner signe de vie aux survenants que les Apaches n'avaient évidemment pu encore apercevoir, puisque, pour les mineurs placés à cinq cents pieds au-dessus du llano, ils se confondaient avec l'extrême limite de l'horizon ?

N'était-ce pas le moment, disait Robert Tresillian, d'user de la lumière électrique, et d'envelopper, dans une nappe flamboyante, le campement du Zopilote, pour le désigner plus sûrement aux coups de Requeñes ? Henry n'avait-il pas dû lui expliquer comment, dans les longues heures de la captivité, les mineurs, sous la direction de l'ingénieur, avaient employé leur temps et s'étaient préparés à user de l'outillage électrique dont ils disposaient ?

L'idée faillit être agréée, et déjà l'ingénieur ne parlait de rien de moins que de mettre, en outre, et sans plus tarder, le feu à ses deux pièces d'artillerie qui ne demandaient qu'à faire leurs preuves, quand heureusement, en homme toujours avisé, le gambusino représenta que tout cela ne pourrait avoir d'autre effet que de contrecarrer les plans du colonel Requeñes, dont l'idée devait être de surprendre les Indiens. Il fallait se tenir prêt, sans doute, mais attendre que, renseignés par Henry, le colonel et ses hommes eussent engagé l'action comme ils l'avaient préparée. Alors, mais seulement alors, les deux canons, braqués d'avance sur la tente du Zopilote, autour de laquelle le gros des sauvages surpris se masserait infailliblement, pourraient se mettre de la partie et faire merveille. Alors aussi, l'illumination du llano, venant par là-dessus, arriverait juste à point.

Une fois encore, l'avis du gambusino l'emporta.

Le silence était solennel, troublé, de temps en temps seulement, par le cri du coyote, que se renvoyaient les sentinelles indiennes, pour indiquer qu'elles faisaient bonne garde.

Les mineurs, étendus tout de leur long sur le plateau, l'oreille contre terre, s'imaginaient, grâce aux illusions de l'espérance, entendre, sur le llano, le piétinement de la cavalerie mexicaine.

Les premières heures de la nuit se passèrent dans une impatience fébrile, qui tint éveillés les mineurs les plus affaiblis, les femmes et jusqu'aux enfants.

Pedro Vicente, la carabine au poing, au milieu d'un groupe composé de don Estevan, de Robert Tresillian, de l'ingénieur et de plusieurs contremaîtres, répétait à chacun que ce n'était pas aux gens du plateau à engager l'action. Le colonel Requeñes était évidemment guidé par Henry. Il

n'avait pas été sans apercevoir, dans la journée, le drapeau
mexicain flottant au sommet de la Montagne Perdue : donc,
en homme expert qu'il était, il devait songer à une action
commune entre ses troupes et les assiégés, mais aussi
compter que ceux-ci lui en laisseraient, à lui, libre de ses
mouvements, l'initiative. C'était élémentaire.

Deux heures se passèrent ainsi, mortellement longues,
sans que rien vînt troubler le silence nocturne.

Une indescriptible émotion faisait battre les cœurs, et
les plus faibles sentaient, dans leurs muscles, une force
surhumaine.

« Patience, leur disait le gambusino, laissons le mouvement du colonel Requeñes s'accomplir, de manière à ce
que les Indiens, surpris au milieu même de leur sommeil,
ne puissent songer à la fuite. Encore quelques minutes,
peut-être, et ce sera notre tour. Ne serait-il pas réjouissant
de prendre à leur propre piège tous ces maudits qui, depuis
des semaines, nous regardent comme une proie sûre, que
rien ne pourra leur arracher? »

Le gambusino parlait encore que soudain une fusillade
terrible réveilla tous les échos dans la plaine, et presque
en même temps la crépitation des fusils fut dominée par
la grosse voix des canons de Requeñes.

Des cris de terreur, des clameurs d'épouvante, mêlés à
des hurlements de douleur montant aussitôt du camp des
Coyoteros décimés dans leur sommeil, prouvèrent aux assiégés que les coups de Requeñes avaient porté juste.

Cette foudroyante attaque, venant du côté même d'où ils

croyaient si bien n'avoir rien à craindre qu'ils n'y avaient jamais posé de sentinelles, affolait et terrifiait les sauvages.

Ce fut bien pis encore, quand le fuseau de lumière électrique de l'ingénieur, projeté du sommet de la Montagne Perdue, illumina leur camp, le désignant aux coups implacablement répétés de leurs invisibles agresseurs, que l'ingénieur avait eu bien soin de laisser dans les ténèbres.

Comme l'avait prévu le gambusino, les plus braves se serrèrent tout d'abord autour de la tente du Zopilote.

Le moment tant attendu était donc venu pour l'ingénieur de faire parler ses deux canons; et ils vomirent, à point, leur double volée de mitraille, sur la foule éperdue des Indiens.

Les plus intrépides, effarés, rugissaient. Les blancs avaient donc fait un pacte avec les esprits, pour pouvoir ainsi remplacer la nuit par le jour, et allumer ce soleil qui éclairait leur campement?

Seul, le Zopilote, déjà à cheval, gardait un reste de sang-froid. Malgré le désarroi de ses hommes, il s'efforçait de les rallier, mais d'intervalle en intervalle, les canons de Requeñes et ceux du plateau faisaient, dans leurs rangs, de nouveaux ravages.

Tout à coup, il poussa un formidable cri de rage.

Dans le cône de lumière électrique, qui s'élargissait en s'éloignant de la Montagne, il venait d'apercevoir un détachement de soldats mexicains s'avançant perpendiculairement au rocher.

30

L'aspect de cet ennemi saisissable sembla rendre le courage à tous ces hommes frappés jusque-là par une sorte de terreur superstitieuse.

En un clin d'œil, ils furent à cheval, et, poussant avec ensemble leur farouche cri de guerre, ils allaient se ruer sur l'escadron de Requeñes, quand, d'un geste désespéré, le Zopilote les arrêta.

Sous trois nouveaux jets de lumière électrique, à droite, à gauche et au fond, trois autres détachements de lanciers se montraient, formant le cercle, avançant en ordre parfait, méthodique.

En outre, rangés en bataille devant le lac, la carabine au poing, les peones de don Juliano gardaient le seul passage par où les Indiens auraient pu tenter une fuite désespérée.

Du premier coup d'œil, le Zopilote vit que la partie n'était pas égale, et que, pris entre les survenants et les défenseurs de la Montagne Perdue, il succomberait nécessairement, avec tous les siens, s'il restait entre deux feux.

Sa résolution fut promptement prise, et, donnant l'ordre à la moitié de ses hommes de se former en arrière-garde pour faire face aux ennemis de la plaine, il s'élança, avec l'autre moitié, à l'assaut du ravin.

La mission de cette arrière-garde était de protéger l'attaque qu'il allait tenter contre le plateau et qu'il entrevoyait comme son unique et suprême ressource.

S'il parvenait à débusquer les mineurs, en forçant le

XXI

ravin, et à s'emparer du plateau, d'assiégeant il devenait assiégé. Dans sa situation, c'était une partie à tenter. En un clin d'œil, sa bande s'engagea dans le ravin.

Rien ne remuait sur le haut de la montagne, rien non plus dans le couloir étroit et escarpé qui pouvait y conduire.

Serrés les uns contre les autres, pendant que, dans la plaine, la fusillade continuait, plus nourrie encore et plus rapide, les hommes du Zopilote montaient, se poussaient avec une aveugle furie.

Les assiégés, impassibles, les laissèrent approcher et remplir le ravin.

Mais aussitôt que les premiers eurent touché les pierres du parapet, le sol s'ébranla tout à la fois au-dessus de leur tête et sous leurs pieds du haut jusqu'en bas de la montée. Des morceaux de roc, des pierres énormes roulant, comme une avalanche, dans cette tranchée bondée d'assaillants, écrasèrent, sous leur poids décuplé par la vitesse de la chute, les malheureux Indiens qui ne pouvaient plus ni avancer, ni reculer, ni monter, ni descendre, et se trouvaient broyés sur place. A l'artillerie de pierre succéda bientôt la fusillade à bout portant. Aucun coup n'était perdu dans cette masse où une balle n'aurait pu trouver un vide.

Les cadavres des Coyoteros, serrés dans cet étroit espace, demeuraient debout, soutenus l'un par l'autre, et ce ne fut qu'au bout de quelques instants d'inexprimable confusion, que quelques survivants, parmi lesquels le Zopilote, purent se rejeter dans la plaine, pour y tomber au milieu

du cercle de fer formé par les troupes victorieuses du
colonel Requeñes.

Alors, voyant toute résistance impossible, le Zopilote,
grièvement atteint au bras droit par un fragment de roche,
et les hommes qui lui restaient jetèrent bas leurs armes.
Tous, immobiles et la tête inclinée sur la poitrine,
attendirent qu'on décidât de leur sort.

A ce moment même, le jour se levait, éclairant de tous
ses feux cette scène de carnage.

Dans la plaine, entre la montagne et les Mexicains dont
les escadrons s'étaient rejoints et formés en demi-cercle
infranchissable, de nombreux cadavres de Coyoteros
étaient étendus sur le sol, et plus loin, leur campement,
détruit par l'artillerie, présentait un aspect lamentable.

Cette aurore fut saluée par des acclamations de joie
frénétiques, partant du plateau et répétées par les prisonniers du Zopilote, que les cavaliers du colonel Requeñes
avaient, par grand bonheur, dans une si effroyable mêlée,
pu reconnaître à temps et faire passer derrière le camp.

Des sept cents hommes du Zopilote, deux cent cinquante à peine survivaient à la bataille. Les vainqueurs
commencèrent par s'assurer d'eux en leur attachant les
bras derrière le dos et en les réunissant deux par deux, et
ils furent confiés à la garde des peones.

Quand cette besogne fut accomplie, quand le ravin fut
débarrassé des cadavres qui l'encombraient, les assiégés
descendirent.

Il serait impossible de décrire, dans ce qu'elles eurent

de touchant, les scènes d'effusion qui suivirent, entre ceux qui avaient craint de ne jamais se revoir, et principalement entre Robert Tresillian et son fils, puis entre celui-ci et Gertrudès, dont le visage pâli rayonnait cependant de bonheur, dans ce moment d'allégresse qui succédait à tant d'heures de désespoir.

CHAPITRE XXII

SANTA-GERTRUDÈS

Lorsque les mineurs rentrèrent au camp abandonné par eux depuis de si longs jours, ils furent agréablement surpris d'y retrouver presque toutes choses en état.

Les chariots, les machines, les outils, tout était intact ou à peu près. Les Coyoteros n'avaient même pas pris la peine de détruire ces objets pour eux inutiles.

C'était une fortune inespérée que cet immense matériel de mineurs, dont les sauvages n'avaient évidemment pas apprécié la valeur.

Quant aux chevaux et aux mules, ceux qu'on venait de leur reprendre compensaient la perte de ceux qu'on avait été forcé d'abandonner lors de la surprise.

Deux jours après la délivrance, tout était réparé, ou

peu s'en fallait. On avait enterré les morts, et tandis que le colonel Requeñes regagnait Arispe, emmenant avec lui les Apaches prisonniers, sur le sort desquels il serait statué plus tard, don Juliano, avec ses peones, reconduisit dans leur village de Nacomori les femmes, les enfants et les quelques hommes si miraculeusement délivrés.

La sécurité était maintenant complète. Peut-être même, en s'y prenant bien, ne serait-il pas impossible de se faire un allié du Zopilote. Blessé, comme on l'a vu (il l'avait été de telle façon que l'amputation avait dû être faite sur-le-champ), devenu impropre à la guerre, on pouvait espérer qu'il serait plus accessible.

Ce projet réussit-il ? L'intraitable orgueil et la haine native des Apaches contre les Blancs, ont-ils capitulé devant la perspective terrifiante d'une répression sans pitié ni merci ? Toujours est-il que les abords de la Montagne Perdue, où l'ingénieur a creusé d'autres galeries, présentent aujourd'hui, après trois années, l'aspect d'une ville jeune mais déjà florissante, protégée par une citadelle plus forte qu'aucune de celles que la main des hommes eût pu élever.

De loin, on aperçoit les cheminées de nombreuses usines, dont la fumée monte ou se déroule dans l'air en volutes épaisses.

Parfois, on y entend même le sifflet strident des locomotives, car un chemin de fer relie la ville nouvelle à la ville d'Arispe.

Autour, il ne reste plus rien de l'aspect sauvage d'autrefois, et des bateaux à voiles glissent sur le lac qui fournit une pêche abondante. Au loin, s'étendent de gras et vastes pâturages qui, de jour en jour, empiètent sur le désert; et où les nouveaux colons entretiennent un bétail nombreux.

Le succès de la mine a été aussi extraordinaire que rapide, et les filons d'or se succèdent les uns aux autres, plus riches à mesure que l'on pénètre plus avant dans les entrailles du sol. La Montagne Perdue est devenue la Montagne d'Or.

La fortune des quatre associés est considérable. Nous disons quatre et non plus trois.

Déchirant les marchés conclus, Estevan, Robert Tresillian et l'ingénieur avaient jugé qu'une part dans l'association, octroyée au gambusino, n'était qu'une dette de reconnaissance, après les services que celui-ci leur avait rendus.

Il n'est même pas un des mineurs que nous avons vus assiégés par les Indiens et si près de la plus affreuse des morts, qui n'ait réalisé de larges bénéfices.

Chacun d'eux a son cottage, souvent aussi coquet que confortable, annonçant l'aisance acquise par le travail; et par un souvenir de gratitude, mêlé de douleur, ils se sont réunis, dans une pensée commune, pour élever un monument à la mémoire de Benito Anguez et de Jacopo Barral, mis à mort par les Coyoteros dans la nuit sinistre que l'on sait.

C'est une pyramide de pierre, sans ornements, sur une des faces de laquelle les noms des deux martyrs sont gravés,

31

et entourée d'un grillage en dedans duquel les fleurs les
plus rares sont cultivées et entretenues avec une sollicitude
touchante.

Sur le plateau de la Montagne, un château d'architec-
ture élégante se dresse, au sommet duquel flotte le pavillon
national, citadelle en même temps que palais, où des canons à longue portée pourraient, au besoin, balayer la
plaine dans tous les sens.

Peu à peu, marchands et fournisseurs sont venus. Des
boutiques et des magasins se sont bâtis et ouverts çà et
là, formant bientôt des rues où l'on voit une imposante
maison d'école et jusqu'à une imprimerie où s'est fondé,
presque aussitôt, un journal qui prospère. Tout fait donc
présager un avenir des plus brillants à cette ville née
presque d'hier.

Au centre de la cité, comme dans toutes les aggloméra·
tions de population au Mexique, la **Plaza Mayor**, plantée
d'arbres, présente la forme d'un rectangle dont chaque
côté est bâti d'une façon plus riche et plus régulière que
le reste de la ville. Sur l'un de ces côtés, une élégante
chapelle a été édifiée et munie d'un clocher et d'une tour
carrée, comme la plupart des chapelles mexicaines.

Trois ans, jour pour jour, après la délivrance des mineurs, Santa-Gertrudès est en fête.

Sur la place circule une foule bariolée, parmi laquelle,
comme pour donner raison aux prévisions du colonel
Requeñes, on aperçoit quelques Apaches couverts de
riches sérapés aux couleurs voyantes. Rancheros, vaqueros

LAVILLE DANINE

des haciendas voisines, sous le pittoresque costume national, accompagnent leurs femmes et leurs enfants en habits de fête. Au milieu de toutes ces toilettes variées, on distingue parfois l'uniforme plus sévère des lanciers de Zacatecas, campés à quelque distance de la ville, après une récente et définitive expédition, jusqu'au cœur des tribus indiennes.

Les usines sont partout fermées, et les habitants ont abandonné leurs maisons. On entend le murmure incessant d'une foule en joie, dominé par le bruit des cloches de la chapelle, lancées à toute volée.

C'est le baptême du premier né d'Henry Tresillian et de Gertrudés de Villanueva, que l'on célèbre avec tant de pompe et de cordialité, dans la ville qui a reçu, par acclamation, le nom de la jeune et courageuse fille.

Le contentement se lit sur tous les visages et fait bientôt place à l'admiration quand on aperçoit, sur les marches de l'église, dans un flot de dentelles, l'enfant que le colonel Requeñes et la señora Villanueva viennent de tenir sur les fonts du baptême.

Derrière eux paraissent bientôt don Estevan, don Juliano Romero, Robert Tresillian, puis l'ingénieur et Pedro Vicente radieux, donnant le bras au jeune père. Est-ce que le bonheur de son jeune ami n'est pas un peu le sien?

Alors, ce sont des acclamations à n'en plus finir, des hourras qui se multiplient sur le passage du cortège.

Quand l'heure des réjouissances sera venue, c'est le gambusino, qui, monté sur Crusader, devenu son ami,

remportera le prix de toutes les courses. Le noble animal,
dont on se rappelle la fidélité et les exploits, est salué par
la foule enthousiaste des cris mille fois répétés de : « Vive
Crusader! »

Sur la Plaza Mayor, dans un pavillon improvisé, garni
de branchages et d'énormes bouquets de fleurs, la musique
des lanciers de Zacateoas fait entendre ses plus beaux airs.

Et la nuit venue, quand la lanterne d'un phare, construit par l'ingénieur à l'extrême pointe du plateau de la
montagne, disperse ses lueurs à des lieues à la ronde, les
habitants de Santa-Gertrudès, rentrés dans leurs maisons,
se racontent l'un à l'autre les malheurs d'autrefois.

C'est un sentiment tout à fait humain de se rappeler,
dans les jours heureux, les heures pénibles des temps
disparus.

TABLE

FIN DE LA TABLE

IMPRIMERIE A. LAHURE, RUE DE FLEURUS, 9, A PARIS

LES NOUVEAUTÉS POUR 1892-1893 SONT INDIQUÉES PAR UNE †
Les ouvrages précédés de deux palmes ✋ ont été couronnés par l'Académie

Albums Stahl illustrés in-8° (1er âge)

FRŒLICH

L'A perdu de Mlle Babet.
Alphabet de Mlle Lili.
Arithmétique de Mlle Lili.
Bonsoir, petit père.
Cerf-Agile, histoire d'un jeune sauvage.
Commandements du Grand-Papa.
La Fête de Mlle Lili. — Journée de Mlle Lili.
Grammaire de Mlle Lili. (J. Macé.)
Le Jardin de M. Jujules.
Lili aux Eaux. — Les Caprices de Manette.

† Un drôle de Chien. — † La Rte à Papa.
Mademoiselle Lili à la campagne.
Monsieur Toc-Toc.
Le 1er Chien et le 1er Pantalon.
L'Ours de Sibérie. — Le petit Diable.
1er Cheval et 1re Voiture.
Premières armes de Mlle Lili.
La Salade de la grande Jeanne.
La Crème au chocolat.
M. Jujules à l'école.

L. BECKER	L'Alphabet des Oiseaux.
COINCHON (A.)	Histoire d'une Mère.
DETAILLE	Les bonnes Idées de mademoiselle Rose.
FATH	Gribouille. — Joostsso et sa Sœur.
	Les Méfaits de Polichinelle. — Pierrot à l'École.
	La Famille Grisgalet. — Une folle soirée chez Polifasse
FROMENT	La Boîte au lait. — Histoire d'un pain rond.
	La Petite Devineresse. — † Le petit Escamoteur.
GEOFFROY	Le Paradis de M. Toto. — 1re cause de l'avocat Juliette.
JUNDT	L'École Buissonnière.
LALAUZE	Le Rosier du petit frère.
LAMBERT	Chiens et Chats.
LANÇON	Caporal, le chien du régiment.
MARIE (A.)	Le petit Tyran.
MEAULLE	Petits Robinsons de Fontainebleau.
PIRODON	Histoire d'un Perroquet. — Histoire de Bob aîné.
	La Pie de Marguerite.
SCHULER (TH.)	Les Travaux d'Abu.
VALTON	Mon petit Frère.

Albums Stahl illustrés grand in-8°

FRŒLICH

Mlle Mouvette.
M. Jujules et sa Sœur Marie.
Petites Sœurs et petites Mamans.

Voyage de Mlle Lili autour du Monde.
Voyage de découvertes de Mlle Lili.
La Révolte punie.

CHAM	Odyssée de l'alaud.
FROMENT	La belle petite princesse Ilsée. — La Chasse au volant.
GRISET (E.)	Aventures de trois vieux Marins. — Pierre le Cruel.
SCHULER (T.)	Le premier Livre des petits enfants.
VAN BRUYSSEL	Histoire d'un Aquarium.

Albums Stahl en couleurs in-4°

TROJELLI . . . . † Alphabet musical de Mlle Lili.

L. FRŒLICH

CHANSONS & RONDES DE L'ENFANCE

† Sur le Pont d'Avignon.
La Boulangère a des écus.
La Mère Michel. — Giroflé Girofla.
Il était une Bergère. — M. de la Palisse.
La Tour prends garde.

Au clair de la Lune. — Cadet-Roussel.
Le bon roi Dagobert. — Compère Guilleri.
Malbrough s'en va-t-en guerre.
La Marmotte en vie.
Nous n'irons plus au bois.

L. FRŒLICH

La Bride sur le cou. — M. César.
Le Cirque à la maison. — Mlle Furet.
Moulin à paroles. — Pommier de Robert.

Jean le Hargneux (16 planches).
Hector le Fanfaron.
La revanche de François.

GEOFFROY	Monsieur de Crac. — Don Quichotte. — Gulliver.
DE LUCHT	La Leçon d'Équitation. — La Pêche au Tigre.
MATTHIS	Métamorphoses du Papillon.
MARIE	Mademoiselle Suron.
TINANT	† Une Chasse extraordinaire. — Les Pêcheurs ennemis.

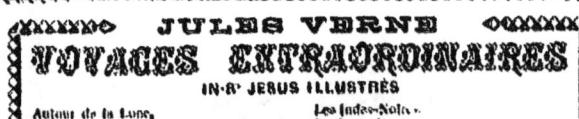

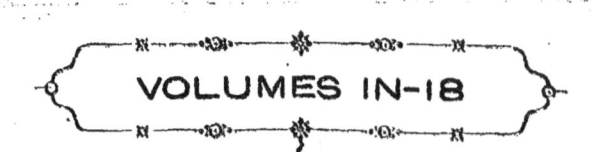

www.ingramcontent.com/pod-product-compliance
Lightning Source LLC
Chambersburg PA
CBHW071816020726
47502CB00004B/1125